JACK JONES

LIQUIDS

Jack Jones

Liquids

Roman

Achtung:
Dieses Buch enthält detaillierte Beschreibungen erotischer
Situationen und sexueller Handlungen, es ist daher für
minderjährige Leser nicht geeignet und ist ausschließlich für
den Verkauf an Erwachsene bestimmt.
Bitte stellen Sie sicher, dass Minderjährige keinen Zugang zu
diesem Buch erhalten !

Bibliografische Information der Deutschen Nationalbibliothek:
Die Deutsche Nationalbibliothek verzeichnet diese Publikation
in der Deutschen Bibliografie; detaillierte bibliografische Daten
sind im Internet über dnb.dnb.de abrufbar.

ISBN: 978-3-7519-8325-9

Herstellung und Verlag:
BoD – Books on Demand, Norderstedt

Dies ist ein erotischer Roman, dessen Inhalt aus autobiographischen Erinnerungen mehrerer Personen plus einem Quäntchen Phantasie verwoben wurde. Die hinter dem Erzähler stehenden wahren Protagonisten verbindet die Erkenntnis, das Sex wichtig ist, vor allem guter, er aber damit immer noch die schönste Nebensache der Welt bleibt.
Nicht mehr und nicht weniger.

.

INHALT

1

SCHWEISS $\eta \approx 1,965$

„Gleich eins, kommst Du mit rüber?", fragt mein Sportkumpel mit Blick auf die kleine Schlange, die sich schon vor dem großen Fitnessraum gebildet hatte.

Es war kurz vor Beginn des Indoor-Cycling-Kurses, bei dem wir samstags immer die ersten sein wollen, um mit unseren Trimm-Rädern in vorderster Reihe unmittelbar gegenüber der muskelgestählten Trainerin zu stehen.

Irgendwie übt diese Frau auf mich eine gewisse Faszination aus: In erotischer Hinsicht eher nicht mein Typ zu sein, uns Kommandos gebend vor sich her treibend.

Wegen meines Nebenjobs bin ich vielleicht mehr als andere Männer so gepolt, dass, wenn ich eine Frau anschaue, sie auch häufig mit einem sexuellen Hintergedanken abchecke. Selbst wenn ich mich dagegen wehre, kann ich es einfach nur schwer unterdrücken.

Und so manche Frau scheint dies dann auch meinem Gesicht ablesen zu können. Die Trainerin jedenfalls erweckt manchmal den Eindruck dies instinktiv zu merken und ruft: dann: „Los Leute, rauf auf den Berg, dreht den Widerstand rein, raus aus dem Sattel".

Und dann quälen wir uns im Rhythmus dröhnender Musik mit in Strömen vom Körper fließendem Schweiß den ‚Berg' hinauf.

„Nein, heut nicht, ich hab heut Abend noch was vor.", sag ich nach kurzer Abwägung mitzukommen oder nicht.

Ein kurzes Grinsen ging über seine Mundwinkel. Unter meinen Mucki-Buden-Freunden nennen wir ihn „Dirty Harry", aber nur in seiner Abwesenheit, weil er in Sachen Frauen so absolut kein Kostverächter ist.

„Heut Abend? Und da schaltest Du jetzt schon in den Schonmodus?"

„Für die Dame, die ich heute Abend treffe benötige ich all meine Energie", sage ich betont steif, mit einen Hauch von Ironie.

Er weiß ansatzweise von meinen Frauenkontakten und ahnt wohl, was da so abgeht, insofern sagt er mit einem gewissen Neid in der Stimme:

„Na dann," und macht eine kurze Pause, „dann man viel Spaß, Kumpel", wischt sich den Schweiß mit seinem Handtuch von Stirn und Hals, greift nach seiner Trinkflasche und geht in den Raum.

Ich mache diesmal bewusst nur ein sehr leichtes Training, ein paar Kraftmaschinen, bei geringerem Gewicht und nun am Crosstrainer im Relax-Modus, schaue ich nur ein wenig auf die Fernseher, die in einer Reihe an der Decke hängend anspruchsloses Nachmittagsprogramm abspielen, eines davon mit einer

Ami-Teenie-Schulserie. Eigentlich will ich mich mental auf den heutigen Abend vorbereiten aber irgendwie schweifen die Gedanken etwas ab.

———

Es muss wohl noch in der Vorstufe gewesen sein, ich war also ungefähr zwölf und bereits der Schwarm aller Mädchen, aber noch ohne mir dessen besonders bewusst zu sein, geschweige dies irgendwie gezielt für irgendetwas einzusetzen. Bei den Jungs war ich weniger anerkannt, sportlich nur so lala, schulisch zu gut für die meisten, sodass mein Standing einzig vom Neid, bei den Mädchen so beliebt zu sein, geprägt war.

Während einer Hallen-Sportstunde im Winter mussten wir einen Parkour aufbauen und in der ersten Runde ging es Jungs gegen Mädchen. Meine Gegnerin war deutlich weniger sportlich als ich, zusätzlich hatte sie bereits mit ihrer schon ordentlichen Oberweite und breitem Hintern zu kämpfen. So konnte ich sie bei Sprüngen über Kästen, balancieren über Schwebebalken aus umgedrehten langen Sitzbänken und Trampolinsprüngen mit Rolle vorwärts deutlich abhängen, ohne mich zu sehr anzustrengen.

Am Ende sollten wir uns an den dicken, langen, von der Hallendecke hängenden Seilen hochhangeln, oben gegen die Decke abklatschen und wieder herunterhangeln. Den sicheren Sieg vor Augen zog ich mich am Seil hoch, hatte auch eigentlich keine Angst vor der Höhe, merkte aber plötzlich ein merkwürdiges Gefühl in meinen Lenden, als müsse ich ganz dringend pinkeln. Ich zog mich langsamer weiter hoch, in der Hoffnung, das Gefühl ließe nach, gleichzeitig zusehend, wie meine Gegnerin am Seil nebenan immer mehr mit mir gleichzog. Ich hätte am liebsten aufgehört zu robben und mich nach unten gleiten lassen, aber das Gejohle der anfeuernden Klassenkameraden und das lautere Geschrei der Mädchen, die bei meiner Gegnerin ihre letzten Kraftreserven mobilisierten, ließen mich weiter nach oben robben. Schweiß brach mir aus und da merkte ich plötzlich, wie ein irres Gefühl mir durch meinen Schwanz schoss und ich spürte, wie meine Sporthose klatschnass wurde. Wie erstarrt hielt ich kurz vorm Ziel an, während meine Gegnerin oben gegen die Decke abklatsche und sich in Nullkommanichts wieder runtergleiten ließ. Sie ließ sich unten feiern, während das nächste Mädchen auf den Parkour ging. Ich zog mich hoch ans Ende, klatschte ab und ließ mich heruntergleiten, dann lief der nächste Junge los. In dem allgemeinen Geschrei und Gejohle verschwand ich so schnell es ging auf die Toilette, schloss mich in einer Klokabine ein, um mir die Bescherung anzusehen. Aber zu meiner Überraschung war meine Sporthose gar nicht klatschnass, ich hatte mich also nicht eingenässt, statt dessen war die Unterhose voll mit einem schmierigen weißen, fast transparenten Glibber.

Als ich aus der Kabine kam und mir am Waschbecken die Hände und das Gesicht wusch, stand plötzlich einer meiner Klassenkameraden, der mich glaube ich nicht besonders leiden konnte, neben mir. Er kam aus der Nische nebenan, dem Pissoir, dreht das Wasser seines Waschbeckens auf, sich die Hände zu waschen, um mit ihnen dann die Haare nach hinten zu gelen. Er, vermutlich ein Jahr älter als ich meinte dabei cool wie er war zu mir: „Kalter Bauer", drehte dabei an dem Spender aus dem gemahlene Kernseife rieselt, „stinkt nach Fisch", wusch sich die Hände nochmal, schüttelte die Nässe von den Händen zu Boden und verließ das Klo. Ich holte meinen Schwanz aus der Hose und wusch ihn ganz schnell am Waschbecken mit Kaltwasser ab.

Dieses Erlebnis war für mich in zweierlei Hinsicht wegweisend: Erstmal das Erleben meines ersten Orgasmus und die vermeintliche Erkenntnis , entwicklungstechnisch bisher den anderen Jungs hinterhergehinkt zu sein, was mich echt bedrückte.

Offenbar war zum Glück neben meiner schwachen Leistung am Seil, niemandem außer dem Klassenkameraden auf dem Klo, aufgefallen, was der wahre Grund für mein Versagen am Seil war.

Mir nachfolgende Jungs holten die Mädchen *natürlich* am Ende wieder ein und meinem Image bei den Jungs tat der Vorfall auch keinen Abbruch.

———

Ich werde heute mal wieder Tine besuchen, wie fast alle vier Wochen. Sie ist ein Kontakt meines früheren Jobs, doch dazu später. Tine heißt vermutlich in Wirklichkeit Martina und alle anderen nennen sie Tina. Ich nenne sie seit ich sie kenne Tine. Das gesteht sie mir gerne zu und macht mich vielleicht zu einem besonderen Kontakt von ihr. Sie ahnt vermutlich bis heute nicht, dass ich sie wegen einer gewissen Ähnlichkeit mit einer Fernsehfrau, die irgendwelche heruntergekommenen Häuser einrichtet so nenne. Nein, ganz so füllig wie die ist sie nicht und vor allem sieht sie bedeutend hübscher aus. Aber sie ist schon ziemlich drall, mit einer üppigen Oberweite und einem herrlichen runden Hintern. Ich muss gestehen, dass ich total darauf stehe.

Ich hab schon seit Längerem meine Dates mit ihr im Kalender meines Handys als Dauertermin gespeichert, den ich jeweils 28 Tage vortrage. Daher weiß ich so halbwegs genau, wann der richtige Zeitpunkt ist, mich mit ihr zu treffen. Bei Tine ist es ein Zeitfenster von nur 24-36 Stunden in der Mitte ihres Zyklus. Natürlich ginge es auch zu anderen Zeiten, aber die Kunst besteht genau darin, mit ihr ein Date in exakt dieser Zeit hinzubekommen. Und sie weiß das ebenfalls ganz genau und setzt alle Hebel in Bewegung. Diesmal fällt der Termin auf den heutigen Samstag und es ist natürlich Mama-Wochenende. Aber mit List und Tücke schafft sie es, den Termin mit ihrem Ex zu tauschen und ihre 10-jährige Tochter aus dem Haus zu kriegen.

Bei ihr kommt noch eine kleine Besonderheit hinzu: Ihre Mutter verstarb früh und zwar hatte sie Osteoporose, eine häufig Frauen treffende Krankheit, bei der die Knochen im Körper brüchig werden. Daher hat Tine Angst, ihr könnte es eines Tages genauso ergehen. Sie schluckt seit dem regelmäßig ein Medikament zur Vorbeugung. Das machte sie ein wenig fülliger, aber vor allem hat sie dadurch in dieser Phase einen höheren Testosteronspiegel, als sonst bei Frauen üblich, mit der Folge, dass sie wohl regelmäßig ihren Damenbart rasieren muss, aber auch dass sie beim Sex einfach unsagbar geil ist.

2

LOTION $\eta \approx 4,931^2$

Es war Ende der 90er, als ich mich entschloss, na ja, was heißt entschloss, nein, es ergab sich so und ich habe mich dem willig gefügt: Ich bekam damals schon keine feste Langzeitbeziehung hin. Immer ging mir nach der ersten Phase der Verliebtheit, in der man gemeinhin mit seiner Flamme kaum aus dem Bett raus kommt, die Puste aus, konnte ich mich in den Alltag mit einer Frau nicht richtig einfinden, war genervt von blödsinnigen Streitereien und den ganzen Spielchen à la Zuckerbrot und Peitsche, die sie mit mir spielten und dem Rosenkavalier, den ich oft für sie gab. Und von Beziehung zu Beziehung wurde es nicht besser. Zugegeben, jetzt in Nachhinein ist mir schon klar, dass ich mich statt mehr anzustrengen, es besser hinzukriegen, eigentlich von Mal zu Mal immer weniger anstrengte. Allerdings konzentrierte ich mich zunehmend auf ein anderes Feld der Paarbeziehung, nämlich dem

Sexuellen. Ganz durch Zufall flogen mir nämlich Frauen zu, von denen viele von mir nichts anderes wollten als Sex und die, insbesondere in meiner Anfangszeit, als ich um die Zwanzig war und sie meist deutlich älter, mir in diesem Bereich auch noch richtig was beibringen wollten. Und so kam es, dass ich mich entschloss, mich quasi nebenberuflich zum Lover zu entwickeln, der es als seine vorrangigste Aufgabe ansah, Frauen sexuell zu befriedigen. Natürlich war das ein weiter Weg, und anfänglich mit diversen unangenehmen und auch peinlichen Situationen behaftet.

Aber der Reihe nach:

Bereits mit 14 wollte ich unbedingt mein eigenes Geld verdienen. In der Schule war ich ohnehin einer der besseren Schüler, insofern meinte ich es mir leisten zu können, nebenbei noch arbeiten zu gehen. Im Wochenblatt, dass ich samstags immer austrug, fand meine Mutter eine Anzeige, dass die Stadt Fremdenführer für die Bauwerke der Altstadt suchte. Das fand ich ja viel besser, als das blöde Käseblatt zu verteilen, nur war ich denen für diesen Job, auch jetzt mit 17, garantiert viel zu jung. Aber als 1er-Kandidat in Geschichte, der obendrein auch alle wilden Stories aus dem 30-jährigen Krieg rund um meine Heimatstadt kannte, rechnete ich mir Chancen aus. Und ich konnte tatsächlich meine Konkurrenten, alles Erstsemester-Studenten von Außerhalb, die alle keine Ahnung hatten, hinter mir lassen und den Job an Land ziehen. So war ich meine ganze Jugendzeit über Stadtführer, entwickelte Sicherheit und Souveränität gegenüber fremden Menschen, Galans gegenüber den Damen und Diplomatie im Umgang mit so manchen männlichen „Experten".

Wenn die Stadt heute im Sommer von Chinesen

belagert wird, so waren es damals die Amis, nicht zuletzt auch wegen der vielen Ami-Soldaten in unserem Landkreis. Weil man bei denen immer einen einfach auszusprechenden Vornamen benötigt, nannte ich mich in Abwandlung meines echten Namens fortan Jack. Das kam gut an. Und weil ich auch noch gut aussah, flogen mir die Herzen der Frauen fast automatisch zu und häufig hieß es bei der Gruppeneinteilung für die nächste Führung: „oh we wanna go with Jack". Da damals, im Gegensatz zu heute, noch alles was aus Amiland kam cool war und besonders so ein Name, etablierte ich ihn auch in meinem privaten Umfeld. Alle bis auf meine Großeltern und meine Mutter, selbst mein Vater nannten mich fortan immer Jack. Heute versuche ich manchmal davon wieder loszukommen, weil es mittlerweile eher peinlich ist, so amimäßig aufzutreten, aber es ist gar nicht so einfach.

Ich war Zwanzig, als die Stadt unserem kleinen Team verkündete, sie müsse jetzt die Stadtführer outsourcen. Das Wort begegnete mir da zum ersten Mal. Auf jeden Fall wurden wir von einer kleinen Privatfirma übernommen, deren Aktivitäten mir und vermutlich auch den Vertretern der Stadt nicht so recht klar war. Aber der Boss von dem Laden war ganz nett und für seinen neuen gutaussehenden 20-Jährigen hatte er offenbar noch andere Aufgaben im Sinn.

Irgendwann fragte er mich, ob ich Interesse an der Einzelkundenbetreuung hätte. Ich sah ihn wohl etwas fragend an, sodass er mir erklären musste, dass die Firma auch Escort-Service anbieten würde.

—

Ich verzichte auf die Dusche im Fitness-Studio und fahre nach Hause. Ich will für heute Abend top-vorbereitet sein, für mich heißt das in erster Linie, mich selbst einer intensiven Körperpflege zu unterziehen, also Nassrasur, gründliches duschen inkl. leichtem Peeling, Nagelpflege und teure Bodylotion; dazu Intimrasur, aber nur mit Haartrimmer, denn reife Frauen wollen dass ein Mann wie ein Mann aussieht und nicht wie ein 12-jähriger. Ganz wichtig ist mir die Mund- und Zahnpflege. Abgesehen davon, dass ich mich mindestens zweimal jährlich bei meinem Zahnarzt sehen lasse, auch um meine Zähne einer gründlichen Reinigung zu unterziehen, kommt jetzt erstmal die Zahnseide ins Spiel, mit der ich beinahe jeden Zahn und alle Zwischenräume gründlich reinige. Nichts ist so ätzend wie ein unangenehmer Mundgeruch. Zusätzlich hab ich seit einem späten Frühstück heut nichts mehr gegessen, sondern trinke nur Wasser, damit heute Abend aus meinem Körper keine Flüssigkeiten, Gase oder gar Feststoffe austreten, die da partout nicht austreten sollen.

Wenn man frisch verliebt ist, vögelt man meistens ohne Hemmungen herum, ohne dabei auf Aspekte, wie Schweißgeruch oder andere eher ekelerregende Dinge zu achten, weil die Glückshormone schlicht einfach alles andere ausschalten. Ganz anders wenn man sich mit einer Frau rein zum Sex verabredet. Da sollte man als Mann neben einem gut geformten Körper einfach top gepflegt sein, damit die Geilheit der Partnerin in keinster Weise von irgendwelchen Nebenaspekten beeinträchtigt wird.

—

Ich hatte absolut keine Ahnung, was tatsächlich unter Escort-Service zu verstehen ist. Okay, Begleitung von Einzelpersonen zu irgendwelchen Veranstaltungen, für mich als Mann die Begleitung von Damen, aber das wars dann. Eine geraume Zeit hat mich mein Chef nicht mehr darauf angesprochen, bis er mich für einen Samstagabend nach meiner Tour in der Altstadt noch mal im Büro sprechen wollte. Ich schloss die Bürotür auf, kein Kollege mehr da, nahm den Haufen Headsets von meiner Schulter und hängte sie an die Ladestation. Dann ging ich im mittlerweile fast dunklen Büro hoch in den 1. Stock Richtung Chefbüro. Die gläserne Bürotür stand leicht offen. Etwas erschrocken von lauten Keuch- und Stöhngeräuschen blieb ich hinter dem Wasserspender stehen und sah, wie eine Frau unten herum nackt auf seinem Schreibtisch lag und er zwischen ihren Beinen stand, die Hose heruntergelassen und sie wie ein Berserker fickte. Offenbar waren sie wohl kurz vorm Höhepunkt, denn die Frau, die ich jetzt als seine Sekretärin erkannte, schrie regelrecht vor Lust und auch er war wohl ganz kurz vorm abspritzen.

Ich hatte noch nie anderen Menschen beim Sex zugesehen oder auch nur gehört, wie sie es treiben. Ich stamme aus einem asexuellen Familienumfeld. Unvorstellbar für mich, dass meine Eltern Sex miteinander hätten und schon überhaupt nicht auf dem Tisch!

Meine Erfahrungen mit ein paar wenigen Freundinnen, die ich bisher hatte, waren ganz anderer Art: Ein langsames, vorsichtiges Herantasten an den Körper des anderen Geschlechts, Scham, sich mit irgendetwas die Blöße zu geben und eine enorme eigene Unsicherheit, die die vorhandene Geilheit auf jeden Fall übertraf und damit fast alles zunichte machte. Kurzum: Dr. Sommer aus der

Bravo hätte an mir richtig was zu schreiben gehabt.

Ich zog mich rückwärtsgehend wieder zurück, ging leise die Treppe wieder runter und zog die Bürotür hinter mir zu.

Zu Fuß auf dem Weg nach Hause wurde mir langsam klar, was wohl der casus knaxus des Escortservices sein würde, und je länger ich darüber nachdachte, desto weniger traute ich mir zu, in diesem Bereich meines Arbeitgebers einzusteigen.

Aber das Gefühl war ambivalent, denn gleichzeitig stellte ich mir vor, wie geil es wäre, wenn ich derjenige wäre, der die Sekretärin auf dem Tisch durchvögeln würde. Allein der Gedanke sorgte bei mir für eine feuchte Unterhose.

Am nächsten Morgen fuhr ich wieder mit der Bahn zur Uni in die 30 km entfernte Großstadt und während der Fahrt und auf dem Weg betrachtete ich die eine oder andere schick gekleidete Frau im Sommerkleid oder eng anliegenden Businessdress und stellte mir vor, wie es wäre mit ihnen intim zu sein.

Immer mehr überwog mein Wunsch, die Gelegenheit wahrzunehmen, mit Hilfe dieses Jobs mir von solchen Frauen was beibringen zu lassen und träumte davon, eines Tages ein richtig gutaussehender top-Liebhaber zu sein, der jede Frau der Welt glücklich machen kann.

—

Wir haben zwar noch Aprilwetter und Temperaturen, bei denen ich das Cabrio-Dach sicher noch nicht aufmachen werde, aber ich kleide mich eher hochsommerlich: Buntes kurzärmliges Oberhemd, deren zwei oberen Knöpfe ich offen stehen lasse und eine nicht ganz so enge Jeans. Dazu keine Unterwäsche und keine Socken. Alles unter der Maßgabe, dass ich oder sie es in Nullkommanichts mir vom Körper ziehen kann.

Eine halbe Stunde vor dem Date spring ich in meinen Wagen und mach mich auf den Weg zu ihr, drehe die Heizung hoch, damit ich einen halbwegs warmen Körper habe, wenn ich bei ihr zu Hause ankomme.

Sie wohnt nicht um die Ecke, sondern wie alle etwas wohlhabenderen Leute am Stadtrand im Einzelhaus mit großem Grundstück. Ich bin froh, nicht ihr Ex zu sein, der zwar sicher eine dicke Patte verdient, aber davon wohl einen gehörigen Teil an seine Verflossene abtreten darf und ihr obendrein ein Leben im ehemals gemeinsamen schmucken Einzelhaus finanzieren muss. Armes Schwein: verdient die dicke Kohle, hatte aber wohl wenig Zeit und Energie die Bedürfnisse seiner Frau zu befriedigen. Unter diesem Aspekt bin ich fast froh, mit meiner Kohle stets rechnen zu müssen.

—

Es ist längst dunkel, als ich ankomme. Ich bin immer nur bei Dunkelheit bei ihr, denn diese soll mich gegen neugierige Blicke der Nachbarschaft schützen. Ich parke stets in der Parallelstraße, gehe dann ein Stück die Straße entlang und biege in einen Fußweg ein, der hinter ihrem Grundstück verläuft. Wenn gerade kein Hundebesitzer auf dem Weg unterwegs ist, öffne ich an einer bestimmten Stelle schnell eine extra offenstehende Gartenpforte, ziehe sie hinter mir zu und gehe an Riesenrhododendren vorbei durch den dunklen Garten auf das beleuchtete Haus zu.

3

Speichel $\eta \approx 4{,}735$

Auf der Terrasse stehend blicke ich in das erleuchtete riesige Wohnzimmer mit offener Nobelküche. Und da kommt sie auch schon aus dem Schlafzimmer, hat sich offenbar gerade fertiggemacht und zupft noch ein wenig an ihrem viel zu knappen Sommerkleid herum, dessen Ausschnitt so tief ist, das sie Schwierigkeiten hat, ihre großen Brüste einigermaßen im Kleid zu halten. Sie sieht mich nicht, flitzt noch mal schnell überall durch, streicht einen Bezug über dem großen Sofa glatt, stellt eine Blumenvase vom Couchtisch hinüber in ein Regal, wohl um sie in Sicherheit zu bringen und nimmt zwei Sektgläser aus einem Wohnzimmerschrank, mit denen sie in die Küche geht.

Ich klopfe leicht gegen die Scheibe. Noch bevor sich ihr Blick zur Scheibe richtet, weil sie die Gläser erst noch sicher abstellen will, blitzt ein Lächeln über ihr Gesicht.

Dann kommst sie schnell rüber und öffnet die Terrassentür. „Hi, schön, dass Du da bist". „Hallo, toll siehst Du aus", sage ich und lasse meinen Blick einmal von oben nach unten gleiten. Sie macht einen leichten Schmollmund, weil sie weiß, dass ich das nicht in dem Sinne meine, dass sie wirklich schick gekleidet ist, sondern weil ich sie in dem Dress einfach megageil finde.

Dates rein zum Sex haben den großen Vorteil, dass man als Mann keine Blumen oder andere dämliche Kleingeschenke mitbringen muss, sondern das Geschenk ist man quasi selbst, daher ist es wichtig, besonders apart auszusehen und zu riechen und die Partnerin voller Vorfreude ist, ihr Geschenk endlich auspacken zu können.

Ich lege meine Hände um ihre Hüfte und ziehe sie leicht an mich heran, dabei ist jeder Zentimeter meiner Zug- und Druckbewegungen wohldosiert und abhängig davon, wie sie darauf reagiert: Sollte sie nicht nachgeben, würde ich den Druck nicht verstärken, gibt sie zu leicht nach, reduziere ich den Druck und weiche etwas zurück. Es geht darum, eine permanente knisternde Spannung aufrechtzuerhalten, die stets durch das Signal etwas zu wollen, aber im Zweifel nicht zu sehr zu wollen, bestimmt ist. Keinesfalls drücke ich irgendein Verlangen aus, das ich mittels meiner Körperkraft versuchen würde durchzusetzen. Sie weiß stets, dass ich was von ihr will, aber nie was genau, sodass sie immer etwas nachsteuern muss, um ihre eigenen Wünsche umzusetzen., und zu hoffen, dass ich das genauso will. Das verursacht bei ihr ein „Mangelgefühl" und ich muss ihr das Gefühl geben, dass ich diesen Mangel theoretisch sofort beseitigen könnte, ich ihr das aber nicht einfach gratis schenke, sondern sie stets aktiv sein muss, diesen Wunsch nach „Mängelbefriedigung" umzusetzen.

Natürlich sind alle Frauen verschieden. Ich habe alle Kategorien von Frauen über die Jahre erlebt: Von denen die ausschließlich zärtlichsten Blümchensex haben wollen bis zu denen, die beim Sex quasi darum betteln, regelrecht misshandelt zu werden, habe ich alles gehabt.

Beim Sex muss bei mir einfach alles stimmen: vom richtigen Zeitpunkt ihres Zyklus über die entspannte Atmosphäre und möglichst ohne Gedanken an irgendwelche Alltagsprobleme und auch keine Handys, die irgendwelche bescheuerten Laute von sich geben. All diese Aspekte klopfe ich vorher immer ab, andernfalls lass ich es sein und vertage das Date.

Entscheidend ist am Ende aber immer, ob meine Partnerin beim Sex mindestens einen Orgasmus hatte, und ich meine dabei nicht irgendein Gestöhne und Gekeuche von ihr, sondern ein Gefühl, bei dem ihr Körper wie bei einem Erdbeben erzittert, sie sich völlig verkrampft, vor lauter Lust laut aufschreit und sie einen völligen Kontrollverlust erleidet.

Diesem Gefühl, nach dem sich vermutlich alle Frauen insgeheim beim Sex sehnen, können allerdings die wenigsten offen entgegengehen. Bei vielen Frauen scheint eine Hemmschwelle vorhanden zu sein, die Selbstkontrolle gezielt für den Moment aufzugeben und viele Männer sind offenbar auch nicht in der Lage, diese Kontrolle in dem Moment zu übernehmen und zu steuern Diese Schwelle zur totalen Lust zu erreichen und sie dazu zu bringen, sie zu überwinden, das ist die große Kunst.

—

Sie schmiegt mich an meinen Körper und ich schiebe meine Hände auf ihre Arschbacken, um ihren Unterkörper an meinen Schwanz zu drücken, der bereits langsam zum Leben erweckt ist. Das lasse ich sie bewusst spüren und merke, wie sie diesem leichten Druck verlangend entgegengeht, sodass ich meine Finger stärker in das weiche Fleisch ihres Arsches kralle. Sie legt ihre Arme um meinen Hals und zieht dabei meinen Kopf in Richtung ihres Kopfes, sodass wir uns beide direkt in die Augen schauen. Ihr rotgeschminkter Mund steht leicht offen und warmer, frischer Atem strömt von ihrem in mein Mund. Wir berühren leicht unsere Lippen und genießen dabei das weiche Fleisch des jeweils anderen. Mit der Zunge lecken wir über unsere eigenen Lippen und tippen damit die Lippen des anderen. Dann berühren sich unsere Zungen, zuerst die Spitzen, dann weiter die Zunge entlang, wozu wir unsere Münder noch mehr öffnen müssen. Immer weiter öffnen wir unsere Münder, um mit der Zunge tief in den Mund des anderen einzudringen, ziehen die Zunge wieder zurück und schieben sie wieder hinein. Wir lassen unsere Zungen miteinander spielen, sich gegenseitig massieren. Dabei schieben wir Speichel aus unserem Mundraum heraus, der unsere Lippen befeuchtet. Es wird immer mehr Speichel, der uns jetzt aus dem Mund, das Kinn hinunterläuft.

Ich ziehe meinen Kopf zurück und schiebe auch meine Hände wieder mit weniger Druck auf ihre Hüften zurück. Ein leichter Ausdruck von Enttäuschung ist ihrem Gesicht zu entnehmen, aber im gleichen Augenblick weiß sie auch, dass dieser Rückzug nur dazu da ist, die Hitze etwas zurückzunehmen, nur um sie gleich in einem viel stärkeren Maße wieder zu entfachen. Nur fällt es ihr nicht leicht das zu akzeptieren.

Mit lüsternem Blick lässt sie Speichel aus ihrem Mund über das Kinn in ihr Dekolletee tropfen, dabei beobachtet sie mich, wie ich darauf reagiere. Ich schaue an ihrem Gesicht hinunter zwischen ihre großen Titten und mache dabei einen Gesichtsausdruck, als hätte ein kleines Kind am Essenstisch gerade gekleckert, beuge mich etwas runter und lecke mit meiner Zungenspitze die Speicheltropfen in ihrem Dekolletee auf. Aber ansonsten fass ich ihre Brüste nicht an, obwohl die Versuchung groß ist und sie offenbar innerlich danach schreit, dass ich sie endlich aus dem Kleid befreie, so sehr wie sich die großen Brustwarzen gegen den dünnen Kleiderstoff drängen

Sie akzeptiert, dass erstmal Pause ist, allerdings nicht ohne einem leicht missbilligenden Gesichtsausdruck, der allerdings gleich wieder in lüsterne Vorfreude übergeht. Unterdessen wischt sie mir mit ihren rotlackierten Fingern über meine Lippen und drumherum, da mein Gesicht offenbar etwas Lippenstift abbekommen hat.

„Wolltest Du uns nicht gerade den Champagner einfüllen?", fragte ich.

———

Erst am kommenden Samstag übernahm ich wieder eine Altstadttour und als ich anschließend wieder im Büro war stand da der Chef in unserem Teamraum, neben ihm seine Sekretärin, die in einer Akte blätterte und fragte entrüstet: „Hey Jack, wolltest Du nicht letzten Samstag bei mir reinschauen?" Ich sah ihn einen Moment an, um meine Antwort zu überlegen. Da ich gerade eine nervige Tour mit ein paar „besonders kundigen" Touristen hinter mir hatte, gab ich ihm volle Breitseite: „Ich war pünktlich da, Chef, aber sie hatten noch zu tun". Er sah mich erst mit einem fragenden Gesicht an, dann fiel ihm ein, was in der fraglichen Zeit wohl gewesen war. Mit einem peinlich berührten Seitenblick auf seine Sekretärin, wechselte er zu einem gewinnenden Lächeln zu mir, gab mir einen Klapps auf die Schulter und führte mich an die Seite. Die Sekretärin löste sich förmlich in Luft auf, so schnell war sie verschwunden.

„Ja, manchmal kommt einem was wichtiges dazwischen", sagt er mit dem typischen Mann-zu-Mann-Blick.

„Aber was ist, hast Du es Dir mal durch den Kopf gehen lassen?"

„Klar Chef, ich kanns ja mal versuchen", antwortete ich mit leichtem Kloß im Hals, fast über mich selbst überrascht aber froh, meinen inneren Schweinehund überwunden zu haben

„Okay, komm, ich schreib Dir mal 'ne Nummer auf" und er greift zu Stift und Schmierzettel, auf den er eine Telefonnummer aufschreibt. „Ruf Maurice mal an, der ist schon länger dabei, treff Dich auf 'n Kaffee mit ihm und lass Dir von ihm mal ein paar Tipps geben".

Ich nehme den Zettel und sage, dass ich ihn anrufen werde. Dann klingelt das Telefon und er greift zum Hörer, winkt mir kurz zu und ich hau ab in den Feierabend.

4

SAFT $\eta \approx 10{,}498$

Während sie in Richtung Kücheninsel geht, atme ich einmal tief durch und gehe in die andere Richtung in den Wohnzimmerbereich, dabei greif ich mir in die Hose, um meinen Schwanz nach oben zu legen, da meine Erektion merklich durch die Enge des Jeansstoffs schmerzt.

Ich setze mich auf die große Couch, die offenbar extra mit einer dickeren Decke und einem darüber gelegten Laken bespannt ist und sich daher allein optisch von den anderen Polsterelementen etwas abhebt. Beim Sex mit Tine geht es immer etwas feuchter zu als mit mancher anderen Frau, daher ist diese Vorsichtsmaßnahme schon notwendig.

Vorsichtig kommt sie mit den gefüllten Gläsern herüber, drückt mir eines in die Hand, während sie sich zu mir auf die Couch setzt. „Auf einen geilen Abend", sagt sie mit lüsternem Ton und stößt mit meinem Glas leicht an, dann nippen wir kurz an dem Champagner.

Ich mache mir nichts aus dem Zeug, trinke ohnehin selten Alkohol, weil man davon nur fett wird. Auch sie scheint das nur symbolisch zu trinken, sicher nicht, um sich in Stimmung zu bringen. Sie beugt sich leicht vor, um ihr Glas auf dem Couchtisch abzustellen, was ich ihr gleichtue und dabei meinen linken Unterarm um ihre Hüfte lege. Ich beuge meinen Kopf an ihre linke Halsseite, die sie daraufhin etwas streckt, küsse sie am Hals und Ohrläppchen und flüstere: „Bist du geil Baby?" Da ich gleichzeitig den Zeigefinger meiner rechten Hand von ihren Lippen in ihren Mund geschoben habe, antwortet sie mit einem kurzen aber merklichen Nicken. Diese Frage und ihr Geständnis ist der Opener, ihrer Lust freien Lauf zu lassen. Ihr Mund öffnet sich weiter und ich stecke ihr zwei weitere Finger hinein, die sie mit Zähnen, Zunge und Lippen gierig bearbeitet.

Mit einer ihrer Hände greift sie mir an den Schwanz, der mittlerweile prall von innen gegen die Hose drückt. Da ich bewusst keinen Gürtel trage, braucht sie nur die ausgeleierten Knöpfe zu öffnen, was wegen der sitzenden Stellung leicht geht ohne sich dabei die Fingernägel wehzutun oder gar abzubrechen. Während die Finger meiner rechten Hand speichelnass an ihrem Kinn und Hals in Richtung der tiefen Mulde zwischen ihren Brüsten gleiten, stöhnt sie leicht auf, als sie merkt, dass sie meinen Schwanz wegen der fehlenden Unterhose bereits in der Hand hat. Meine Beine lassen sich in der Hose in sitzender Stellung noch etwas spreizen, aber die Enden meines Hemdes fallen in meinen Schoß, sodass sie den Schwanz erstmal kurz loslässt und mir das Hemd locker über den Kopf auszieht. Schnell hat sie ihre Hand wieder an meinem Schwanz und lässt sie tiefer mit der flachen Seite hineingleiten bis sie sie unter meinem Sack hat und sie zwischen Schwanzunterseite und Sack hin- und hergleiten lässt. Die empfindliche Unterseite der Eichel lässt sie bewusst noch aus und zieht auch nicht die Vorhaut zurück, da sie, geschickt wie sie ist, meine Hitze erst allmählich steigern will.

Ich greife ihr mit beiden Händen an die Hüfte und ziehe sie an mich heran, dabei muss sie meine Schwanz loslassen und schlingt die Arme um meinen Hals. Mit meinem Gesicht ihrem gegenüber sage ich leise: „Geile Sau". „Selber geil", erwidert sie lauter als ich mit einer gespielten Spur der Entrüstung. Ich hauche einen Kuss auf ihre Lippen, die sie gleich wieder öffnet und ihre Zunge herauslugen lässt. Ich küsse und lecke sie am Kinn und Hals hinunter und nehme die Hände etwas tiefer unter ihre Arschbacken, um sie etwas höher zu ziehen, dabei gleite ich mit meinem Mund auf Höhe ihrer Titten. Sie hebt ihren Körper auch etwas an mit Hilfe ihrer Hände, die sie leicht auf meinen Schultern abstützt. Das Kleid ist so eng, dass ich gar nicht die Hände zur Hilfe nehmen muss, damit ihre Brustwarzen aus dem Ausschnitt herausfallen. Ihre Warzen sind groß wie der Umkreis des oberen Randes einer Espressotasse, und in der Mitte davon stehen sie hart hervor. Mit meiner rechten Hand massiere ich leicht ihre linke Brust und zwirbele dabei die Brustwarze, während ich die andere in meinen Mund sauge und mit meiner Zunge und Zähnen liebkose. Während ich Hand und Mund von einer zur anderen Brust wechsle, hebe ich die Titten vollends aus dem Kleid aber ohne den Reißverschluss auf dem Rücken zu öffnen, damit dient die Enge des Kleides im Brustbereich dazu, die Titten herrlich vorstehen zu lassen und etwas anzuheben. Ich widme mich ausgiebig den herrlichen Brüsten, küsse und lecke sie, habe immer mindestens einen Daumen auf einer Warze, kneife mit meinen Fingern und spüre, wie diese Behandlung ihr gefällt und sie laut atmet und manchmal aufstöhnt.

Als ich eine Pause mache nutzt sie die Gelegenheit, mich unterhalb der Arme zu greifen und etwas nach unten zu rutschen. Ich setze einen Fuß auf dem Boden auf, das andere Bein stelle ich gebeugt auf dem Sofa auf, woraufhin sie mir die Hose herunterziehen will, was ich durch kurzzeitiges heruntersetzen des zweiten Beines auf den Boden unterstütze, die Hose greife und etwas abseits werfe. Dann stelle ich mein linkes Bein wieder gebeugt auf das Sofa. Mein Schwanz ist jetzt auf Höhe ihrer Brüste.

Eigentlich gehört das eher nicht zum Repertoire, weil es die meisten Frauen nicht sonderlich erregend finden, aber sie weiß, dass ich wahnsinnig auf ihre Riesentitten stehe und so zieht sie mich noch etwas höher, dass ich meinem Schwanz in die Hand nehmen kann, die Vorhaut vollends zurückziehe und mit meiner schon spermaschmierigen Eichel über ihre Brustwarzen gleite und tippe. Sie greift ihre Brüste von außen und ich lege meinen Schwanz zwischen die Titten, die sie mit etwas Druck an meinen Schwanz presst. Während ich leichte auf und ab Bewegungen mache unterstützt sie diese, indem sie mit ihren Händen die Brüste hoch und runterbewegt. Als eingespieltes Team haben wir quasi sofort einen gleichmäßigen Fickrhythmus und ich muss erste Anstalten zur Ablenkung machen, indem ich auf ein abstraktes Gemälde hinter dem Sofa schaue, welches ich ehrlich gesagt bescheuert finde, mir aber dazu dient, meine Phantasie anzustrengen, was das denn nun sein soll, was der Maler da für einen Blödsinn hingeschmiert hat.

Ich merke, wie sie den Kopf senkt, um mit ihrer Zunge die Spitze meines Schwanzes zu berühren. Wir hören auf mit dem Tittenfick und ich kann kurz durchatmen, weil ich jetzt etwas weiter an sie herantreten und mein Bein auf dem Sofa stärker durchstrecken muss. Auch sie ist etwas weiter runtergerutscht und hat jetzt meinen Schwanz auf Höhe ihres Mundes. Sie greift ihn mit ihrer linken Hand, drückt die Penisspitze gegen ihre Wange und blickt nach oben in Richtung meines Gesichts. Ich schaue runter zu ihr und sage mit einem Lächeln: „Was ich gesagt habe, geile Sau"! Sie schmollt wieder, greift mit der linken Hand härter zu, nimmt den Kopf wieder runter und nimmt den Schwanz in ihren Mund. Quasi als Antwort auf meinen Spruch greift sie mit ihren Fingernägeln in meine Arschbacken und schiebt sich den Schwanz bis zum Anschlag in ihren Hals, bewegt den Kopf hin und her, keucht und nimmt den Kopf wieder zurück, um durchzuatmen. Die Mischung aus Sperma und Speichel lässt sie aus ihrem Mund laufen und spuckt sie auf meinen Schwanz, den sie mit ihrer linken Hand wichst.

Ich spüre, dass sie diesmal echt megageil drauf ist und während ich mich weiter beim Anblick des Gemäldes abzulenken versuche, überlege ich, wie das hier heute weitergehen soll und vor allem, wie ich es schaffen kann, mir meine Ladung einzuteilen. Wenn ich hier gleich einen Abgang habe, muss ich irgendwie die Zeit überbrücken, bis meine Erektion wieder voll da ist, denn wenn wir beide etwas lieben, ist es ficken, bis zur völligen Erschöpfung.

Sie scheint zu spüren, dass ich nicht voll bei der Sache bin, vielleicht hört sie es an meinem verminderten Stöhnen. Unsere Blicke treffen sich und dann ist uns klar, das wird hier jetzt richtig abgehen. Ich greife ihren Kopf, wühle in ihren Haaren und drehe und presse den Kopf gegen meinen Schwanz, der in ihrem Mund hin und hergleitet und manchmal tiefer in ihren Hals hinein. Dann nehme ich aber den Druck auf ihren Kopf zurück, damit sie rechtzeitig wieder zurückziehen kann, ohne würgen zu müssen. Da ich durch das aufgestellte Bein leicht gespreizt stehe, greift sie mir mit ihrer rechten Hand zwischen die Beine, zerrt mir regelrecht am Sack und an den Eiern, dass es schmerzt, schiebt de Hand weiter und gleitet mit dem Mittelfinger durch meine Arschspalte. Sie schiebt den Finger an meinem Arschloch hin und her und irgendwann schiebt sie die Fingerspitze hinein in mein Arschloch, kneift die andere Hand in meine Arschbacke und lutscht und beißt in meinen Schwanz, als wollte sie ihn verschlingen. Als ich aufschreie vor Schmerz und Lust versucht sie den Druck nochmal zu steigern, bis ich merke, wie der Saft in mir hochsteigt und ich unter lautem Aufstöhnen in ihren Mund spritze.

Einen Moment ist sie wie benommen und hört mit allem auf, ich möchte am liebsten auf die Couch gleiten, aber sie kommt mir zuvor, indem sie sich mit Mühe an mir hochhangelt und ich ihr dabei helfe. Beide knien wir voreinander, blicken uns erschöpft an, dann schlingst sie ihre Arme um meinen Oberkörper und drückt ihren Mund auf meinen, öffnet ihn und veranlasst mich, meinen auch zu öffnen. Durch ihren offenen Mund und mit der Zunge schiebt sie die Spermaladung, die sie immer noch im Mund hatte schwallartig in meinen Mund und wir küssen uns dabei leidenschaftlich, während die ganze Suppe uns am Kinn und Hals entlang den Körper hinunterläuft.

—

Maurice hat nicht viel Zeit, gleich am Sonntag wollen wir uns in der Altstadt in einem Café treffen. Ich bin etwas früher da, um einen ruhigen Platz in einer Ecke zu finden, bei dem möglichst niemand hören kann, was wir besprechen. Es gibt quasi kein Lokal, wo ich nicht bekannt bin, wo sich nicht irgendjemand herumtreibt, den ich kenne, eine Folge der jahrelangen Altstadtführungen und weniger, weil ich privat in Kneipen, Cafés und Restaurants abhänge, das ist ein Leben, das mir zu teuer ist.

Ich finde einen Platz, bei dem ich mit dem Rücken zum Lokal aber mit Blick aus dem Fenster zur Straße sitzen kann und kurze Zeit später einen ca. 30 jährigen Mann, gestylt, Markenklamotten, Solariumbräune, antraben sehe, der nur Maurice sein kann. Als er das Lokal betritt, stehe ich kurz auf und blicke zu ihm. Ich brauche gar nichts weiter machen, da kommt er auf mich zu, gibt mir kräftig die Hand und begrüßt mich: „Jack?", Ich nicke, „Hi, ich bin Maurice" und wir setzen uns. Er winkt der Bedienung, und statt direkt zu bestellen, fängt er mit ihr zu flirten an, erzählt irgendwas Schmeichelhaftes und hat sie direkt für sich gewonnen. Klar, dass er für uns beide Cappuccino bestellt, ohne mich wirklich zu fragen, was ich will.

Aber als sie wieder weg ist, kommt er gleich zur Sache: „So, Du willst also in den Escort-Service einsteigen? Ich war damals auch in Deinem Alter", und er denkt offenbar an seine eigene Anfangszeit, macht dabei ein ernstes Gesicht, das dann aber in ein Schmunzeln übergeht.

„Also", setz ich an, „ich halte mich schon für kulturell bewandert, kenn mich aus in den Theatern, in der Oper war ich auch öfter, sogar in Kunstausstellungen war ich schon mal".

„Schön, schön", sagt er, „das ist ja schonmal was. Aber wie siehts denn sonst aus mit Deinen Frauenerfahrungen?"

Oh Mann, Scheiße denke ich, Du hast die ganze Zeit gewusst, dass das Gespräch irgendwie genau da hingeht, konnte mir also eine Antwort darauf bereits lange vor dem Termin zurechtlegen, aber jetzt?

Da ihm meine Antwort zu lange dauert fragt er weiter: „Hast Du ne Freundin?"

„Nein im Moment nicht, zu viel zu tun, Studium, den Job hier",

Er unterbricht mich: „Hast Du denn mal die eine oder andere Freundin gehabt?"

„Ja, ja", und er unterbricht mich wieder, „und was hast Du mit der so angestellt?, Ich mein, na Du weißt schon?"

Ich war schon immer recht selbstbewusst, 1-5er Abischnitt, gut aussehend, achte immer auf meine Frisur und trage moderne Klamotten, für die ich stets meine Mutter um den Finger wickle, um ihr Kohle aus dem Kreuz zu leiern, aber Maurice kratzt da jetzt echt an meinem Ego.

Wenn ich ihm jetzt was vormache und Quatsch erzähle, merkt der das und bringen tut es mir auch nichts, denn ich will ja schließlich, dass er mir hilft.

„Also, ich hab noch nicht so viel Erfahrung".

„Hör mal zu: Bei dem Job ist es nett, wenn Du in Sachen Kunst und Literatur mitreden kannst, wenn Du einen Mozart von einem Beethoven oder einen Verdi von einem Puccini unterscheiden kannst, aber die Frauen, die Du da begleitest, wollen von Dir angeregt werden, wollen sich mit Dir in der Öffentlichkeit wohl fühlen, wollen mit Dir an der Hotelbar flirten und viele wollen Dich dann, wenn Du bis dahin alles super gemacht hast, Dich unbedingt noch mit auf ihr Zimmer nehmen."

Er macht eine Pause, um dann leiser weiterzusprechen: „und sie wollen dann von Dir nicht irgendwie gevögelt werden, sondern sie wollen eine richtig geile Nacht mit einem heißen Liebhaber erleben".

Das saß so richtig. Ich sagte nichts und er ließ seine Worte auch erstmal sacken. Soll ich jetzt sagen, das Ganze war ein Irrtum, drei Mark für den Cappuccino auf den Tisch legen und mich verabschieden? Nein, so einfach läuft das hier nicht. Mit etwas Entrüstung im Ton sage ich: „Du warst doch sicher am Anfang auch nicht der Held, Du musst das doch auch mal gelernt haben?"

„Ja, klar, aber ich hab vorher schon alles gevögelt, was nicht bei drei auf den Baum gesprungen ist".

Ich muss angesichts dieses Spruches kurz auflachen, nur um gleich danach wieder ernst zu werden.

„Also", hebt er an, „natürlich kann man da auch irgendwie mit learning by doing vorankommen, aber ich glaube, Du solltest im Vorfeld erstmal ein paar Selbststudien betreiben". Auf meinen fragenden Blick fährt er fort: „geh in einen Sexshop und hol Dir 'n Haufen Pornomagazine und dann üb schön zuhause. Aus den Magazinen kannst Du Dir ein paar Stellungen abgucken, die eine oder andere Technik, aber glaub nicht, dass die Frauen das tollfinden, was die Kerle in den Magazinen da so anstellen, ein richtiger Lover muss ganz andere Sachen draufhaben, das kannst Du aber danach dann lernen. Nimm ein Eispack mit wenn Du mit dem Heft auf dem Klo sitzt und wenn Du merkst, dass es Dir kommt, kühlst Du Dich runter mit dem Eispack. Wenn Du es irgendwann schaffst, so 'n Heft durchzublättern ohne abzuspritzen, hast Du schon mal die erste Hürde geschafft, dann kannst Du weitersehen.

So ich muss jetzt los, hab noch 'n Termin. Ruf mich wieder an, wenn Du so weit bist."

Und er schiebt einen 5-Mark-Schein unter seine Tasse,

tätschelt mir auf die Schulter und säuselt mir etwas leiser ins Ohr: „und such Dir 'ne Freundin, mit der Du das alles ausprobieren kannst", will weggehen, dreht sich aber nochmal um: „am besten nicht nur eine, gleich mehrere", Pause, „gleichzeitig"

Dann verlässt er fluchtartig das Lokal.

5

SCHLEIM $\eta \approx 9{,}241$

Außer Atem lässt sie sich in die Couchlehne zurückfallen und auch ich lege meinen Arm über die Lehne, um mich aufrecht zu halten, denn ich bin ziemlich kaputt. Wir betrachten einander, und mein Eindruck ist, dass sie stolz darauf ist, einen routinierten Kerl wie mich so richtig zur Explosion gebracht zu haben. Wir lächeln uns lustvoll an. „Ich fühl mich ganz schön nackt", sage ich als sie an mir herunter auf meinen jetzt schlaffen Schwanz schaut. „und ich mich ziemlich overdressed", meint sie, an ihrem Kleid voller nasser Flecken herunterschauend. Sie beugt sich im Sofa hoch, dreht sich dabei, um mir ihren Rücken zuzuwenden, zwirbelt ihr Haar und wirft es sich vorne vor den Kopf. Ich gehe wieder mit einem Bein auf dem Sofa aufs Knie, trete hinter sie und küsse sie leicht im Nacken, dabei greife ich den Reißverschluss des Kleides und ziehe ihn langsam nach unten. Mit den Händen streich ich ihr von unten nach oben über den Rücken, küsse und lecke ihn dabei und streife den Stoff des Kleides nach Außen, am Ende ziehe ich die Schulterteile nach unten. Sie lässt die Arme kurz hängen, damit es ganz nach unten fällt. Ich greife ihr an die Hüften, denn da ist das Kleid wegen ihres prallen Arsches hängengeblieben. Sie hebt ihn leicht an, damit ich es weiter runterziehen kann, dabei küsse und lecke ich ihre Arschbacken. Sie greift mit ihren Armen nach hinten, um meinen Kopf stärker an ihren Arsch zu drücken. Mit meinen Händen ziehe ich die Backen etwas auseinander, um mit meinem Mund und Zunge weiter zwischen die Arschbacken zu gelangen. Sie beugt sich weiter vor, sodass ich mit meinen Daumen das weiche Fleisch am Anus etwas auseinanderziehen kann und ihr über die Arschfalte lecken kann.

Sie stöhnt langanhaltend auf, aber das Verlangen auf ihrer Körpervorderseite ist offenbar noch viel drängender, sodass sie sich runtersinken lässt und dabei dreht und ich mich wieder aufrichten muss. Ich greife den Kleiderstoff und ziehe ihn ihr vollends über die Beine und werfe ihn über die Sofalehne. Dann greife ich ihre ausgestreckten Beine und führe die Fußspitzen zu meinem Gesicht, sauge und lecke an ihren Zehen, lasse ihr linkes Bein an der Couch auf den Boden gleiten, mit dem anderen hilft sie mir, es über die Couchlehne zu legen. Und da liegt es endlich frei: Ihr ultimatives Lustzentrum.

Tine sieht zwischen den Beinen aus, wie eine reife Frau, die sexuell aktiv ist und schon mal ein Kind bekommen hat eben aussieht und nebenbei, für mich aussehen muss. Ihre Muschi ist bis zum Anus sauber rasiert und die äußeren Schamlippen stehen wie fleischige Lappen hervor. Wenn sie die Beine nur ein wenig spreizt, gehen die Lappen auseinander und das rosige Fleisch der inneren Lippen und das Loch zu ihrem Heiligtum öffnet sich automatisch mindestens in meiner Mittelfingerstärke. Da ich es aber überhaupt nicht mag, wenn eine reife Frau zwischen den Beinen nackt wie ein kleines Mädchen ist, hat sie oberhalb ihres Kitzlers ein schlankes buschiges Dreieck stehen lassen, in welches ich stets wahnsinnig gerne meine Nase eintauchen lasse.

Ich greife unter ihren Arsch, um ihren Unterkörper noch ein wenig waagerechter zu ziehen greife unter ihren linken Oberschenkel, drücke ihn hoch, sodass sie mit ihrem linken Arm das Bein in der Kniekehle hochhalten kann, ohne sich dabei zu sehr anstrengen zu müssen. Ihr rechtes Bein hat sie oben in der Couchlehne zwischen zwei Polsterelementen fixiert.

Mit meinen Händen immer noch an ihren Arschbacken, beuge ich mich runter zu ihr und küsse sie zärtlich an ihrem Bauchnabel. Ich beobachte sie zwischendurch im Gesicht, wie sie die Augen geschlossen hält und sich die Lippen leckt. Aber da entwickelt sich wieder das „Mangelgefühl", welches ich bewusst provoziere, indem ich meine Zunge in die Mulde ihres Bauchnabels stecke, sie aber will, dass ich endlich tiefer rutsche mit meinem Kopf. Sie nimmt ihre freie Hand, wühlt mir in den Haaren und drückt meinen Kopf tiefer, sodass ich endlich meine Nasenspitze in ihrem Busch versenke und darin kreisen lasse. Erneut drückt sie meinen Kopf und langsam beginne ich mit meinen Lippen Bewegungen zu machen, wie ein großer Karpfen mit seinem Maul, dabei sauge ich leicht ein und lasse den Saugdruck wieder nach. Aber ich bin ihr immer noch nicht tief genug, sodass sie weiter nachsteuern muss. Jetzt lege ich mein „Karpfenmaul" genau auf ihren Kitzler, also der Stelle, zu der sie mich schon die ganze Zeit lenken wollte, ich aber mit gespielter Ahnungslosigkeit erst von ihr gelenkt werden musste. Sie schreit laut auf vor Wonne und Erleichterung, als ich endlich ihr Lustzentrum erreicht habe.

Aber auch jetzt sauge ich die Spitze des Kitzlers ganz vorsichtig in meinen Mund und gebe sie wieder frei, das mache ich ganz gemächlich und bewusst langsam. Ihre Hand nimmt sie nicht mehr von meinem Kopf und presst ihn immer wieder runter. Bei jedem Pressen halte ich den Kitzler mit meinen Lippen fest, sodass sie den Kopf stärker an sich drückt und ich ihn mit den Zähnen leicht festhalte, dann an meine Lippen abgebe und wieder loslasse.

Sie wird immer wilder, vor Lust aber auch vor Frust, dass ich ihre Geilheit nicht so weit steigere, wie sie es sich wünscht. Jetzt nehme ich noch meine Zunge, lasse sie um den Kitzler kreisen und tippe seine Spitze mit meiner Zungenspitze immer wieder an, dabei wird sie ein richtig harter Gnubbel, den ich zwischendurch immer wieder einsauge und loslasse.

Sie patscht mit ihrer Hand jetzt nur noch ziellos auf meinem Kopf und Schultern und es stellt sich zu ihrem immer schwereren Atmen ein immer häufigeres Stöhnen ein. Immer mehr wird das schwere Atmen durch das Stöhnen abgelöst, bis es fast nur noch ein einziges Dauerstöhnen ist.

Ich lasse die Berührungen ihres Kitzlers nach, bewege nur noch leicht meine Lippen, sie verringert das Stöhnen und geht wieder auf schweres Atmen zurück, ist aber gefrustet, weil ich vermeintlich kurz vor ihrem Orgasmus einfach aufgehört habe, daher schlägt sie mit ihrer flachen Hand auf meinen Kopf und Schultern ein, obwohl sie das Spielchen kennt und weiß, dass ich das ganz absichtlich so mache, um ihre Lust noch stärker zu steigern.

Ich fange wieder an, mit meinem Saugemund, den Zähnen und der Zunge, die kreist und tippt. Jetzt will sie es aber unbedingt wissen, nochmal lässt sie mich nicht kurz vor ihrem Höhepunkt einfach so davonkommen. Sie presst meinen Kopf in ihren Schoß, beginnt mit ihrem Gesäß Rammelbewegungen zu machen und ich muss jetzt all meine Kraft anstrengen, die Kontrolle zu behalten und den Kitzler nicht mehr loszulassen. Sie keucht und stöhnt in immer stärkerem Maße und fängt an Schreie auszustoßen.

Ich merke, wie ihre Rammelbewegungen nachlassen und vorher kurze Stoßbewegungen jetzt in längere Bewegungszüge übergehen, sie nicht mehr mit der Hand auf meinen Kopf und Schultern schlägt, sondern sie ihre Finger in meine Haare krallt. Das Fleisch ihrer Arschbacken, spannt sich ungewöhnlich stark, ihr Körper verkrampft sich regelrecht und versucht sich in dieser Position aufzubäumen. Dann schreit sie laut auf vor Lust und ich löse meinen Mund von ihrem Kitzler und schiebe mein Gesicht schnell etwas höher und dann schießt auch schon der warme scharfe Strahl einer Mischung aus Urin und Muschischleim aus ihr heraus gegen meinen Hals und spritzt von da aus überall hin. Weitere leichtere Schübe von Flüssigkeit blubbern aus ihr heraus und sie liegt völlig entspannt da, bewegt sich nicht mehr und stöhnt auch nicht mehr.

Ich weiß noch, wie ich das zum ersten Mal bei ihr erlebt hatte und panisch dachte, sie hätte einen Herzinfarkt erlitten, aber sie hat bei ihrem Höllen-Orgasmus nur das Bewusstsein verloren.

Ich greife eines der Champagnergläser auf dem Couchtisch und träufele das Blubbergetränk vorsichtig in ihr Gesicht und über ihre Lippen. Schon kurz darauf bewegt sie die Zunge und leckt sich über die Lippen, während ich weiter das Nass auf Mund und Gesicht tröpfeln lasse. Sie öffnet die Augen, sieht mich kurz etwas wirre an, dann erscheint ein Lächeln auf ihrem Gesicht und ich stelle das Glas wieder ab, küsse sie mehrfach leicht auf den Mund, bis sie die Küsse erwidert. „Was hast Du mit mir gemacht"? flüstert sie. „Ich?" frage ich mit gestellter Entrüstung, „gar nichts".

———

Es ist heute kaum vorstellbar, dass es mal eine Zeit gab vor Internet, Smartphone und unbegrenztem, kostenlosem Pornokonsum per Mausklick. So brauchte ich ein paar Tage bis ich mich überwinden konnte, Maurices Aufgaben anzugehen. Als ich an einem frühen Abend von der Uni kam, wollte ich einen Schlenker durch das Bahnhofsviertel machen, um mal zu schauen, ob ich einen Sexshop finde. Auf der Hauptstraße war viel los und ich konnte mich nicht überwinden, in einen hineinzugehen. Zu groß war das Hemmnis, jemand würde mich dabei beobachten. Als ich in eine kleine Seitenstraße hineinblickte, sah ich die blinkende Leuchtwerbung eines Sexshops am Ende und bog in die Straße hinein. Die Tür des Shops stand offen, aber der Türbereich war mit einem Vorhang aus bunten Plastik-Flatterbändern bedeckt, ein Campingutensil aus den 1970ern, eigentlich als Mosquitoschutz gedacht, hier als Sichtschutz verwendet.

Ich sah unmittelbar keine Person in der Nähe, atmete tief durch und schob mit den Händen die Flatterbänder zur Seite um einzutreten. Unmittelbar stand ich in einem Raum voller schlanker Regale, von oben bis unten voll mit glänzenden Pornomagazinen, gläserne Vitrinen mit Dildos und anderem Zeugs und von der Decke hingen lauter aufblasbare Frauenpuppen mit Riesenbrüsten und angeschwollenen Plastikgenitalien. Am Ende und mit Sicht zur Tür und in alle Regalreihen stand ein kleiner Klapptisch, dahinter saß ein schwabbeliger Mann, der ein Stück einer Boulevardzeitung, welches er sich auf ein kleineres Maß zurechtgefaltet hatte vor dem Gesicht hielt und augenscheinlich darin las.

Nur ein, zwei andere Kunden waren wohl noch im Laden und versteckten sich regelrecht in den spärlich beleuchteten Nischen der Regalreihen. Ich wusste gar nicht, wo ich anfangen soll, blickte auf die Hefte, manche auf dem Außencover mit irgendwelchen fickenden Nackten, andere nur mit einem relativ hübschen Frauengesicht. Nach so einem Heft griff ich und wollte es aufblättern, um mal einen Blick hinein zu riskieren. Aber es ging nicht, das Heft war mit Tesafilmstreifen zugeklebt. Ich nehme ein anderes, ebenfalls mit einem gut aussehenden Frauengesicht, aber Mist, ebenfalls zugeklebt. Ich greife weitere Magazine, aber alle waren zugeklebt.

„Wir verkaufen die Hefte auch !", blökt plötzlich der fette Mann an dem Tischchen, bei dem ich schon geahnt hatte, dass er noch nicht mal diese primitive Zeitung lesen kann und sich nur dahinter versteckte, um seine Kundschaft zu beobachten.

Und klar, er meinte mit dem Spruch natürlich mich. Schwankend, ob ich schnell aus dem Laden wieder rausgehen soll oder nicht, greife ich drei Hefte mit den hübschen Frauengesichtern auf dem Cover, gehe zum Tisch und der dicke Mann legt die Zeitung zur Seite. Er nimmt mir die Magazine aus der Hand, dreht sie um, um kleine aufgeklebte Preisschilder, die ich bis jetzt noch gar nicht gesehen hatte, abzulesen und sagt dann: „59,70". Ich machte wohl einen geschockten Eindruck, dann fährt er fort: „Drei Magazine zu je 19,90". Ich krame in meiner Tasche, lege drei 20-Mark-Scheine auf den Tisch. Er greift die Scheine, faltet sie, steckt sie sich in die Brusttasche seines Hemdes und legt 30 Pfennige auf den Tisch. Dann nimmt er sein Zeitungsstück, faltet es etwas auf, legt die Hefte hinein, wickelt es wieder zu, greift hinter sich in einen Stapel Plastiktüten, nimmt eine davon, steckt das Päckchen da hinein und reicht es mir rüber.

Wie beim Fischhändler denke ich, greife die Plastiktüte, mag die 30 Pfennige aber nicht anfassen, lasse sie liegen und verschwinde aus dem Laden, so schnell wie ich gekommen bin.

Zuhause in meinem Zimmer suche ich mir ein Versteck für die Hefte, damit meine Mutter beim Aufräumen keinesfalls mal darüber stolpert. Eine Schublade voller alter Schulhefte denke ich wird sie sicher nicht anrühren, darin kann ich sie tief versenken.

Als meine Eltern später endlich ins Theater abhauen, geh ich wieder an die Schublade und hole die Hefte raus. Das Tesa klebt so penetrant an dem Hochglanzkarton des Heftes, dass ich eine Schere nehmen muss, es zu öffnen.

So ein Pornomagazin ist offenbar für den härtesten Einsatz konzipiert: Dickes Hochglanzpapier, das in der Lage ist, Flüssigkeiten jeglicher Art abzuweisen, nicht einwirken und etwa das Papier krisselig zu machen.

Ich merke, wie ich beim Durchblättern der ersten Seiten zitterig werde, geschockt von den tiefen Einblicken in menschliche Körperöffnungen in Nahaufnahme, insbesondere des weiblichen Körpers und was die Männer mit diesen Frauen und deren Körperöffnungen anstellen.

Ich geh mit dem Heft zum Klo und aus meinem steifen Schwanz läuft bereits ordentlich Sperma raus, das mir in die Unterhose gelaufen ist. Das Heft in der einen, den Schwanz in der anderen Hand blättre ich, auf der Kloschüssel sitzend, weiter in dem Heft, wichse dabei unwillkürlich, meine Oberschenkel zittern und lassen die Hand mit dem Heft wackeln. Noch nie hab ich sowas in Nahaufnahme gesehen und die Darsteller machen den Eindruck, dass sie eine Höllenlust und Spaß daran haben was sie machen. Am Ende von dieser, und wie ich später feststelle fast jeder, Bilderstory wichst der Mann seinen Schwanz vor dem Körper der Frau und spritzt ihr seine komplette Ladung ins Gesicht, was sie dann gierig mit ihrer Zunge aufleckt. Auch mir kommt es dabei und ich lasse den Saft unkontrolliert aus meinem Schwanz spritzen. Oh Mann, scheiße, denke ich sofort und mach mich daran, die Sauerei wieder sauber zu machen.

6

SCHAUM $\eta \approx 0{,}486$

„Ich glaub, wir müssen mal unter die Dusche", meinte Tine sanft nach einer Weile, die wir nur so aufeinanderliegen und verschnaufen. Sie war fast eingeschlafen, als ich zuvor wieder anfing, sie leicht zu küssen und ihre Lippen mit meinem Mund sanft zu greifen und zu lecken.

Ich richte mich auf von ihrem Körper und ein leichtes Schmatzgeräuch des entweichenden Luftunterdrucks zeigt uns beiden, dass unsere Haut von oben bis unten von Körpersäften nass ist.

Während ich aufstehe, helfe ich ihr hoch und meine Hand haltend führt sie mich in Richtung Schlafzimmer. Irgendwie geht automatisch ein indirektes gedämmtes, leicht farblich getöntes Licht an. Wir gehen an dem großen Doppelbett vorbei, welches sie bereits vorbereitet hatte: Kein Bettzeug auf dem Bett und auf den beiden

Nachtschränken liegt lauter Zeugs, was man zum hemmungslosen Sex so benötigt.

Vom Schlafzimmer geht eine Tür zum Bad, Luxusbad, um genau zu sein, mit Whirlpool-Badewanne und riesiger Doppeldusche und ebenfalls lauschigem, gedämmten, indirekten Licht. Sie öffnet die Tür geht hinein, mich weiterhin an der Hand hinter sich führend. Sie startet die unterschiedlichen Brausen und wir waschen uns selbst ein wenig und benutzen verschiedene Duschgelspender, die in der Wand eingelassen sind, alle mit betörenden Düften. Dann startet sie ein paar seitliche Wasserstrahler, die gleichzeitig unterschiedlich pastellfarben leuchten. Sie hebt die Arme, damit die Wasserstrahler ihr etwas den Körper massieren, dabei dreht sie sich mit ihrem Arsch zu mir, den ich unwillkürlich mit meinen Händen greife und etwas an mich ziehe. Sie schaltet die Seitenstrahler aus und es setzt eine überdimensionale Regendusche von der Decke ein, die mit wechselndem Licht leicht und warm auf uns niederregnet. Gleichzeitig fängt aus einem etwa kniehohen künstlichen Steinhaufen in einer Ecke der Duschkabine oben blubbernd warmes Wasser an herauszulaufen und der Steinhaufen leuchtet auch noch unterschiedlich aus allen Ecken. Kurz abgelenkt von ihrem Arsch, ob des ganzen Zaubers hier im Bad, muss ich immer an die Rheinquelle denken, wenn ich das Ding sehe.

Ich nehme etwas Duschgel in die Hand und wasche ihre Arschbacken, sodass es richtig schäumt, gehe auf die Knie und massiere dabei den Arsch weiter, greife unter ihren linken Oberschenkel und setze den Fuß auf den Steinhaufen. Sie hält sich an Griffen in der Wand fest und kann dadurch ihr linkes Bein richtig anheben, ohne das Gleichgewicht zu verlieren. Ich nehme erneut Duschgeld in meine rechte Hand und gleite damit zwischen ihre

Arschbacken, massiere dabei ihren Anus und gleite weiter zu ihrer Muschi. Erst mit einem, dann mit zwei Fingern gleite ich zwischen ihren Schamlippen hin und her, eh ich meinen Mittelfinger anwinkle und ihn in ihre Vagina einführe. Sie schlägt den Kopf zurück, stöhnt auf , blickt nach oben und lässt sich das warme Regentropfen-Wasser ins Gesicht laufen. Ich fange an, meinen Kopf zwischen ihre Arschbacken zu stecken, komme aber nicht so weit wie erhofft, daher wichse ich sie weiter mit den Fingern in der Vagina und lecke sie mit langgestreckter Zunge zwischen ihren Arschbacken, schlürfe dabei Wasser im Mund auf und spucke es mit etwas Druck wieder in Richtung Anus.

Mein Schwanz ist mittlerweile auch wieder etwas zum Leben erweckt und mit meiner linken Hand wichse ich ihn ein wenig, bis er die notwendige Härte hat. Dann stelle ich mich wieder hin, nehme beide Hände und ziehe das weiche Fleisch ihrer Arschbacken ein wenig auseinander, lege meinen Schwanz dazwischen und presse die Arschbacken an den Schwanz. Dann fang ich mit leichten Fickbewegungen an, meinen Schwanz mit ihren Arschbacken zu wichsen.

Sie greift rücklings mit einer Hand nach meinem Schwanz, hebt ihr Bein noch ein wenig mehr an und führt ihn von hinten an ihre Muschi, dann lässt sie ihn los, fasst wieder an den Griff und ich greife ihn jetzt, ziehe die Vorhaut fest zurück, sodass ich mit meiner prallen Eichel an ihren Schamlippen lang gleiten kann, gebe etwas mehr Druck und dringe in sie ein. Das lässt sie aufstöhnen und etwas nach unten sinken. Mit meiner rechten Hand um ihren Bauch gelegt und der linken stärker ihr Bein anhebend, fange ich an sie langsam zu ficken. Ihren zurückgelegten Kopf dreht sie ein wenig zur Seite, sodass unsere Köpfe Wange an Wange liegen und wir mit offenen Mündern das tropfende Wasser aufnehmen und wieder aus unseren Mündern laufen lassen. Ich ficke sie noch ein wenig härter, aber dann lass ich bewusst wieder nach, küsse sie ein wenig auf die Wange und lass meinen Schwanz wieder aus ihr rausgleiten. Wir wissen beide, dass ich sie in dieser vergleichsweise unbequemen Stellung nicht zum Höhepunkt bringe und auch sie will vermeiden, dass ich hier abspritze, denn das will sie sich noch für was ganz anderes aufsparen.

Mit den Pornomagazinen auf dem Klo zu sitzen gehörte anfangs zu meinen regelmäßigen Beschäftigungen. Ich kaufte mir sogar noch ein paar weitere, in der noch extravagantere, um nicht zu sagen, perversere Sachen zu sehen waren. Ich geriet an die Grenze dessen, wo Pornos ansehen zur Sucht wurde, besann mich aber dann, ging hart mit mir selbst ins Gericht und setzte mich auf kalten Entzug, indem ich die Hefte morgens früh am Abholtag in der Mülltonne versenkte. Mein Verstand sagte mir glasklar, dass das so nicht weitergehen kann, aber wie es weitergehen sollte, wollte mir auch nicht so recht einleuchten.

Diese Blockade im Kopf wurde eines schönen Tages ganz unerwartet aufgehoben, als ich an der Uni einer 4er-Gruppe zugeordnet wurde, die zu einem bestimmten Thema eine Ausarbeitung in der Bibliothek erstellen sollte. Die Frauen an der Uni hab ich bis dato immer mit ganz anderen Augen gesehen, als die Frauen in den

Pornoheften: Während in der Schule so manches gutaussehendes Mädchen dabei war, mit denen ich dann auch die eine oder andere, meist kurze Liaison hatte, waren es an der Uni immer Frauen, die vielleicht nicht hässlich, aber zumindest äußerlich unscheinbar, wenig auf ihre Weiblichkeit gebend und häufig megagebildet und intelligent waren, sodass irgendwelche erotischen Aspekte kaum zum Tragen kamen, da ich mich immer barbarisch anstrengen musste vom Intellekt einigermaßen mit ihnen mithalten zu können.

An diesem Tag war es anders, weil Britta zu meiner Gruppe gehörte. Ich hatte sie zwar schon häufiger gesehen, erinnerte sogar ihren Namen, hatte aber zuvor kaum ein Wort mit ihr gewechselt. „Hi, bist Du Jack Jones" ? fragte sie mich mit Blick auf mein T-Shirt, wohl wissend, dass ich Jack hieß. Etwas überrascht von dem Spruch und mit Blick auf meine eigene Brust, stellte ich fest, dass ich eines von der besagten Klamottenmarke anhatte. „Ja, der Laden gehört mir", sagte ich und wir mussten beide lachen.

Durch die Pornos hatte ich plötzlich einen anderen Blick für bestimmte Frauen und deren Erscheinungsbild. Ich erkannte, dass sie figurbetont gekleidet ist, also ihre Oberweite stolz präsentierte, indem sie ein etwas zu knappes und etwas zu offenes Oberteil trug und offenbar auf ihren runden Po auch recht stolz war, so wie sie ihn in einer engen Jeans präsentierte. Dazu war sie etwas mehr geschminkt, als andere Mädchen.

Aber sie war eigentlich überhaupt nicht mein Typ, daher hatte ich anfangs immer noch das gesetzte Thema und dessen mögliche Umsetzung im Kopf. Ich merkte, dass sie mich stärker ins Fachgespräch einbezog, mich dabei ziemlich häufig anlächelte und als sich später herausstellte, dass die anderen beiden bereitwillig die ganze Schreib- und Lesearbeit übernahmen, anfing mich abzulenken und das Gespräch auf Themen abseits der Aufgabe zu lenken.

Plötzlich wurde mir klar, dass sie mich anbaggerte, wenn ich genau darüber nachdenke, hatte sie regelrecht „Fick mich" auf der Stirn stehen. Und da legte sich plötzlich der „Maurice"-Schalter in mir um: Ich lächelte sie ebenfalls häufig an, begann mit ihr zu schäkern, erst ein wenig süffisant, dann ernsthafter und bald muss auch aus meinem Gesicht zu lesen gewesen sein: Ich will Dich ficken !

Die beiden anderen sagten nichts, straften uns aber mit missbilligenden Blicken, auch andere Kommilitonen um uns herum blickten manchmal genervt zu uns rüber. Und dann kam auch schon die Aufsicht, uns zu ermahnen, doch bitte leiser zu arbeiten. Ich machte den Vorschlag, dass Britta und ich für uns Kaffee holen gehen, welcher von den anderen mit einem knappen okay angenommen wurde, offenbar froh uns los zu sein. Wir trabten ab, Britta wirkte wie euphorisiert, regelrecht von mir abgeschleppt zu werden. Draußen stellten wir fest, dass die Cafeteria noch gar nicht auf hat und wir setzen uns in eine Ecke des leeren riesigen Sitzbereiches an der Uni-Mensa, der schon etwas moderner, lounchmöbel-ähnlich, ausgestattet war. Wir lümmelten uns also auf ein großes Polster und flirteten weiter. Sie merkte, wie ich es kaum vermeiden konnte, ihr fast gierig in den Ausschnitt zu schauen, dessen Bluse jetzt in dieser Sitzposition im Dekolletee so richtig aufschlug und der Spitzen-BH zu sehen war. Irgendwie verlor ich vor lauter Geilheit die Beherrschung und legte meine rechte Hand auf ihren linken Oberschenkel, den ich begann leicht zu streicheln. Das brach bei ihr auch die Dämme und sie rutschte näher an mich ran, während sie ihre rechte Hand an meine Hüfte legte. Unsere Blicke und Gesichtsausdrücke teilten nun dem jeweils anderen schonungslos offen mit, dass wir geil aufeinander waren. Aber wie soll das jetzt hier weitergehen, fragte ich mich, während mein Schwanz schmerzend gegen die Hose zu drücken begann. Etwas erschrocken blickte ich auf, als plötzlich eine Seitentür aufging, aus dem eine Putzfrau ihren Putzwagen rausbugsierte und davontrollte. Ich blickte Britta wieder an, wir blickten zur Tür des Putzraumes, dann erhob ich mich aus dem Sessel, griff ihre Hände und zog sie hoch, blickte nach rechts und links, ob jemand zu sehen war und zielstrebig führte ich sie in den Putzraum, in den sie mir ohne zu zögern folgte. Drinnen Decken-Neonlicht, der Geruch von Putzmitteln, Staub und anderem Abfall, aber egal, ich lehnte sie an eine freie Wand, sie schlang ihre Arme um meinen Hals und wir küssten uns. Nicht in der Art, wie es zwei frisch verliebte tun, sondern wie zwei, die es vor lauten Geilheit nicht mehr aushalten, also mit offenen Mündern, fordernden Zungen und ziemlich viel Feuchtigkeit. Meine Hände mussten quasi sofort an ihren Brüsten runtergleiten, in ihre Bluse hinein und unter den BH, sodass ich sie leicht herausheben und ihre Brustwarzen lecken und in meinen Mund saugen und leicht zubeißen konnte, weil sie einfach unsagbar hart und erregt waren. Sie atmete schwer, jauchzte auf und presste meinen Kopf an ihre Titten. Aber dann hatte sie bereits eine Hand an meinem Schwanz, zerrte an dem Gürtel, den sie erstaunlich geschickt lockerte, den Knopf der Jeans öffnete und den Reißverschluss nach unten zog. Sie griff in meine Unterhose und zog an meinem Schwanz und fing an ihn zu wichsen. Scheiße, was hatte Maurice noch gesagt, von wegen Eispack? Wie soll ich das jetzt hier aushalten? Ich zog ihre Hand von meinem Schwanz weg, was sie kurz irritierte, dann öffnete ich ihre Jeans und zerrte sie mit dem Slip nach unten. Sie war so scheiße eng, dass ich ihr erst noch die bereits unter der Hose versteckten Schuhe von den Füßen ziehen und dann endlich die verdammte Hose von den Beinen hatte. Zumindest kühlte mich das ein wenig ab. In dem engen Raum konnte sie weiterhin an der Wand gelehnt, ein Bein auf der anderen Seite in eine Stufe einer dort angestellten Aluleiter aufstellten, sodass sie relativ breitbeinig jetzt vor mir stand und ich ihr mit der Hand in die Muschi griff und zwischen den nassen Schamlippen massierte. Auch sie hatte wieder meinen Schwanz in der Hand, und zog ihn an sich und setzte ihn an der Außenseite ihrer Muschi an. Jetzt nahm ich ihn, zog die Vorhaut fest zurück und drückte auf der Suche nach ihrem Loch auf ihr herum. Weil ich den Eingang zu ihrer Vagina nicht fand, nahm sie wieder meinen Schwanz und führte ihn sich ein. Ich stöhnte dabei auf und fühlte das erste Mal ein wohliges Gefühl ohne Zwicken und Zwacken in einer warmen, weichen, herrlich glitschigen Muschi zu stecken. Ich begann sie sofort zu ficken und sie legte die Arme um meinen Hals und ließ es mit sich geschehen. Weil ich immer lauter stöhnte und sie offenbar Sorge hatte, man könnte uns hören, drückte sie ihre flache Hand auf meinen Mund und, vielleicht, weil ich nicht mehr richtig Luft bekam, oder sowieso so weit war, spritzte ich meine Ladung in ihre herrliche Muschi hinein.

Sie streichelte mich etwas am Kopf, bis ich wieder zu Atem kam und zog sich dann sofort und schnell wieder an. Ohne zu sprechen wartete sie auf mich bis auch ich wieder angezogen war, öffnete dann vorsichtig die Tür, lugte hinaus und öffnete sie dann ganz. „Lass uns Kaffee holen", meinte sie.

Wir haben danach glaube ich nie wieder ein Wort miteinander gewechselt, geschweige je wieder geflirtet oder mehr.

7

CHAMPAGNER $\eta \approx 1{,}242$

Sie stellt das Wasser ab und wir gehen aus der Duschkabine raus, greifen uns jeweils große Badehandtücher, die in einem offenen Regal liegen. Wir trocknen uns grob ab, dann nehme ich mein Handtuch und trockne ihr den Rücken, während ich sie dabei von den Schultern bis zum Po mit leichten Küssen bedecke. Sie dreht sich um und ich trockne auch nochmal über ihre Brüste, die sie dazu anhebt und mir entgegenstreckt. Auch ich drehe mich um, damit sie mir den Rücken abtrocknet. „Ich muss mir noch schnell die Haare föhnen", sagt sie, „okay, ich geh in die Küche, was trinken", werfe das Handtuch in einen Wäschekorb und lasse sie im Bad zurück.

In der Küche gehe ich an den Kühlschrank, nehme eine Flasche Mineralwasser und fülle mir ein Glas voll ein. Dann stelle ich mich nackt ans Fenster und schaue aus dem dämmrigen Küchenbereich in den dunklen Garten.

Der Himmel setzt sich nur schwer ab von den großen Büschen, es ist kaum was zu sehen und ich trinke mein Wasser.

—

Ich wunderte mich ein wenig, als meine Mutter mich runterrief und sagte, ein „Maurice" sei am Telefon. Verblüfft nahm ich den Hörer und tatsächlich war es Maurice, der mich fragte, ob ich denn vorangekommen sei. Da meine Mutter in der Küche direkt in Hörweite des Telefons stand, druckste ich ein wenig rum und sagte, „ja, so' n bisschen". Er merkte wohl, dass ich jetzt am Telefon nicht frei sprechen konnte und erzählte mir, dass er heute Nachmittag zur Costa Kiesa fahren wollte, ein wenig sonnen und vielleicht baden und natürlich Frauen angieren, und ob ich nicht Bock hätte, mitzukommen. Ich willigte ein und wir vereinbarten eine Zeit und den genauen Treffpunkt.

Die Costa Kiesa ist ein ehemaliges Kiesgrubengelände, mit einem großen See, im Sommer tagsüber von normalen Leuten bevölkert, abends und nachts finden da Saufgelage und, so heißt es, so manche Sexparty statt. Ich griff also meine Badeklamotten und Sonnenbrille und Sonnenöl, schwang mich aufs Fahrrad und radelte die paar Kilometer dahin. Als ich ankam parkte gerade einer seinen teuren Sportwagen irgendwie zwischen die Büsche, und klar, das war natürlich Maurice. Nach kurzer Begrüßung latschten wir durch das Gelände an das sandige Ufer des Sees und suchten uns einen Platz, wo Maurice eine große Picknickdecke ausbreitete. Wir quatschten belangloses

Zeugs, sein Auto fand ich natürlich mega, weit jenseits dessen, was ich mir meinte leisten zu können, zogen unsere Badehosen an, cremten uns ein und legten dann unsere Astralkörper nebeneinander in die Sonne, jeder mit der damals modernen Pilotensonnenbrille auf den Augen, Maurice natürlich mit einer vollverspiegelten.

Und klar, Maurice musste den Gesprächsfaden wieder aufnehmen, da ich mich, unsicher wie ich war, mich ziemlich zurückhielt. Wir waren außer Hörweite anderer Personen, insofern fing er an, über Dinge zu reden, über die ich eigentlich kaum mit dem besten Freund reden würde und schon gar nicht in dieser Offenheit.

„Und, wie kamst Du mit den Pornos zurecht?"

„Ging so", meinte ich, musste kurz schlucken, dann sagte ich weiter: „ich hab sie weggeschmissen".

„Ah, gut, heißt das, dass Du drüber hinweg bist?"

„Ich komm klar"

Die Antwort war ihm zu knapp, ich spürte, wie er, der bisher nach oben tonlos in die Sonne sprach, seinen Kopf zu mir drehte und offenbar eine genauere Antwort erwartete.

„Ja, ich denke, ich krieg das hin, eine Frau zu vögeln, ohne dabei gleich einen Abgang zu haben".

„Also der Chef liegt mir in den Ohren, ich soll zusehen, Dich endlich für Deinen ersten Auftrag fit zu machen".

„Aha, daher Dein Anruf", rutsche es mir raus.

„Also, was ist mit der Praxis?"

Ich dachte an die Aktion mit Britta, überlegte kurz ihm eine tolle Fickstory vorzugaukeln, sagte aber dann doch: „Ich hatte einen one-night-stand, war auch ganz geil, aber ich glaube, sie fands nicht so geil".

„Lass mich raten: Du hast abgespritzt und sie war Lichtjahre vom Orgasmus entfernt?"

„Ja, so ungefähr", gab ich zu, nur um mich rauszureden: „es war aber auch echt scheiße vom Ambiente her".

„Was?"

„Na, ich hab sie im Stehen in der Besenkammer gevögelt".

„Wow", rief er aus: „Respekt ! Aber das ist ehrlich gesagt auch nur was für Männer, die 's ganz schwer draufhaben. Aber schön, dass Du schon mal erkannt hast, dass Frauen kein Bock darauf haben, von Männern wie eine Plastiksau verwendet zu werden".

„Häh?"

„Hast Du mal gesehen, wie sie so 'n Eber in der Schweinezucht ranlassen? Den lassen sie nämlich auf so eine Sauenattrappe aus Plastik los und da ist er so geil, dass er nicht merkt, dass sie gar nicht echt ist und er da ins Reagenzglas spritzt."

„Und Du meinst, so hat die Frau in der Besenkammer sich bei mir gefühlt?"

„Hmh, na ja, so ähnlich vielleicht", sagt er, sein Argument wieder etwas abschwächend, „also ich will damit sagen, dass unser Job genau das Gegenteil ist: Wir wollen die Partnerin in den 7. Himmel schicken, dass sie eigentlich nichts sehnlicher mehr im Leben erträumt, als mit Dir hemmungslosen Sex zu haben".

„Aber wie soll das gehen ? Frauen kommen doch viel schwerer als Männer?"

„Genau deshalb darfst Du bei dem Date immer nur so semigeil sein, Deine Partnerin muss aber megageil sein".

„Und woran erkenne ich, ob sie *megageil* ist?" frage ich schon etwas gereizt.

„Ja, das ist nicht so einfach. Generell ist die Chance am höchsten in der Mitte ihres Zyklus. Den kannst Du Dir im

Kalender eintragen und jeweils immer vier Wochen weiterrechnen. Aber der Termin ist stark vom verwendeten Verhütungsmittel abhängig. Da ist selbst jede Pille anders. Ich hatte vorn paar Jahren mal 'ne Freundin, die hat mit 'ner Hormonspirale verhütet. Das tollste Ding für eine Frau. Einmal eingesetzt braucht sie auf Jahre nicht mehr an Verhütung denken, plus die beste Nebenwirkung, die eine Frau sich nur wünschen kann: Keinen Zyklus mehr, keine Blutungen, Tampons, Binden, keine Schmerzen und Übellaunigkeit. Das fällt alles weg. Aber auch kein Testosteron mehr, also kein Bock mehr auf Sex, null, niente, gar nichts, sie kann völlig ohne Sex auskommen und es gefällt ihr sogar".

Ich guck ihn wohl etwas blöd von der Seite an und er fährt fort: „Daher ist das Ding das Lieblingsverhütungsmittel der Prostituierten, Bock auf das was sie da machen, haben sie sowieso nicht, die leben dann auch mit der anderen Nebenwirkung, dass die Frau dadurch zehn Kilo Gewicht zunimmt. Daher kannst Du die Tussen immer nachmittags im Fitnessclub im Aerobic-Kurs sehen".

Auf der einen Seite gehen mir seine Stories auf den Keks, wie er da den erfahrenen Lebemann raushängen lässt und ich mich wie ein Pubertierender fühle, auf der anderen Seite fühle ich mich gefrustet und mal wieder der Sache überhaupt nicht gewachsen, und da sagt er:

„Schau mal, die zwei Frauen, welche von denen ist jetzt geil und welche nicht?"

In der Zwischenzeit sind weitere Leute gekommen und haben in unserem Sichtkreis ihre Decken ausgebreitet. Eine Dreiergruppe jüngerer Frauen, die sich laut unterhalten und herumalbern und uns gefühlt mit Nichtbeachtung strafen, weil sie davon ausgehen, dass wir zwei rumlungernde Schönlinge sind, die hier nur Frauen angieren und anbaggern wollen. Zugegeben, wollen wir vielleicht ja auch. Zwei von denen hatten wohlüberlegt ein luftiges Sommerkleid an, welches sie sich nur über den Kopf ziehen brauchten und darunter bereits im Bikini gekleidet waren. Die beiden sprangen sofort ins Wasser. Die Dritte hatte es offenbar nicht so drauf, sich vorher Gedanken darüber zu machen, dass es an der Costa Kiesa keine Umkleiden und Toiletten gibt. Sie hatte zwar auch ihren Bikini drunter, musste sich aber nun erstmal die Bluse aufknöpfen und aus der engen Jeans zwängen. Dabei ließ sie uns umfangreich zuschauen, sodass wir manchen Blick auf ihren üppigen Körper genießen konnten.

Die Zweite, etwas ältere, aber sehr apart aussehende Blondine war mit ihrem Mann und kleinem Kind da. Der Mann setzte sich sofort und fing an Zeitung zu lesen, definitiv keinen Sportteil in der Boulevardzeitung, sondern eher den Wirtschaftsteil einer gehoben Zeitung. Die Frau spielte mit dem Kind und lief ihm mehrfach hinterher, wenn es abhauen wollte, häufig unmittelbar an unserem Liegeplatz vor unseren Augen entlang. Anfangs hatte sie auch ein Kleid an, zog es aber aus sodass wir ihren schlanken aber sehr weiblichen Bikini-Körper zu sehen bekamen.

„Na, wenn überhaupt, dann die Junge natürlich", antwortete ich nach eher flüchtigem Hin- und Hersehen zwischen der jungen Üppigen und der blonden, älteren, Schlanken.

„Falsch!"!, sagte er trocken ohne weitere Erklärung.

„Häh, wie kommst Du denn darauf?"

„Die Junge", setzte er im gemächlichen Ton des Wissenden an, „will eigentlich nur ins Wasser und hat überhaupt keine Ahnung, was sie da eigentlich anrichtet,

sich vor unseren Augen aus ihren engen Klamotten zu
schälen, dass nämlich den meisten Männern dabei der
Speichel aus dem Mundwinkel rinnt und sie sehen müssen,
dass ihre Badehose nicht verrät, an was sie gerade denken.
Du bist also vielleicht geil auf sie, sie aber überhaupt nicht
auf Dich.

Ist Dir schon mal aufgefallen, dass die Ältere die ganze
Zeit mehrfach auch ohne Grund bei uns vorbeigelaufen
ist? Das Kind sitzt da und spielt und sie läuft vor unseren
Augen umher. Also ich hab hier kein Klo oder 'ne
Pommesbude gesehen, die Grund für ihr Herumlaufen
sein könnte. Und ich sag Dir was, ich kann es sogar
riechen, dass sie geil ist".

„Wie das denn?", frage ich etwas ungläubig und
angesichts seiner hochtrabenden Besserwisser-Story etwas
genervt.

„Wenn ich sie im Arm halten würde und sie hätte kein
Parfum oder Deo aufgelegt, dann kann ich das riechen."

Mir kam langsam die Galle hoch: „Also so, wie bei den
Hunden, wo die Rüden den Weibchen am Arsch
schnüffeln, um festzustellen ob die läufig sind?"

„Jaaaaaa", sagt er langanhaltend, „so ähnlich" und
weiter: „Ehefrauen vögeln mit ihren Männern zwar fast
immer dann, wenn er Bock auf sie hat. Das tun sie aber
nicht weil sie geil sind, sondern nur, um nicht einen
übellaunigen Mann ertragen zu müssen, mit dem es alltags
nur Probleme gibt. In Wahrheit haben sie nur in einem
ganz kleinen Zeitfenster ihres Zyklus Bock auf Sex, häufig
nur 48 bis 72 Stunden innerhalb von 4 Wochen, dann sind
sie quasi läufig, wie 'ne Hündin. Die große Kunst besteht
also darin, zu erkennen, wann sie sich in genau diesem
Zeitfenster befindet. Und der Kerl von ihrem Mann hat
das definitiv nicht drauf, sonst hätte er nämlich heute

Mittag das Kind zu seiner Schwiegermutter zum babysitten gebracht und würde sich jetzt den Nachmittag mit seiner Frau durch die Wohnung vögeln".

Glücklicherweise habe ich eine große dunkle Sonnenbrille auf den Augen, denn ich starre vermutlich die Blondine die ganze Zeit mit großen Augen und offenem Mund an. Und tatsächlich gewinne ich den Eindruck, dass sie sich von uns beobachtet fühlt, was ja auch den Tatsachen entspricht, aber vielmehr, dass sie es zu genießen scheint. Ihre Körperbewegungen, das aufschütteln des Haares, das Einölen des eigenen Körpers. Und er fährt fort:

„Diese Frau weiß also mit ihrer eigenen Geilheit nicht wohin. Ihr Mann schafft zwar die dicke Kohle ran, aber merkt sonst nichts, und so kommen wir ins Spiel".

„Wir?", frage ich ungläubig.

„Na ja, unsere Escort-Agentur. Wir kümmern uns um Frauen von meist reichen Männern, die einen Mittelweg suchen zwischen Trennung und Fremdgehen. Wenn sich so eine mit uns einlässt, will sie das volle Programm: charmante, kompetente, gutaussehende Begleitung und einen heißen Fick, wenn ihr der Sinn danach steht.

„Ich komme mir ehrlich gesagt vor wie ein Callboy".

„Böse Zungen würden es vielleicht so nennen. Unser Charme besteht aber darin, es diskret in einem Theaterbesuch zu verpacken und nur den bezahlt sie. Was nach dem Theater passiert, ist eher informell. Und nebenbei, sollte mir eine der Damen mal so überhaupt nicht zusagen, würde ich mich entsprechend ungalant verhalten, so dass sie nachher kein Bock hat mich abzuschleppen. Du kannst sicher sein, sie wird sich nicht beim Chef beschweren. Zumindest wird sie ihm nicht sagen, dass ich sie nicht ficken wollte".

Liquids

Das Kind spielt derweil mit einem kleinen Ball aus Plastik, etwas größer als ein Tennisball, und merkt so langsam, dass Ballspielen ganz allein blöd ist. Es wirft den Ball in der Gegend umher und seine Mutter muss ihn wieder zurückholen. Dann fällt er ganz in unsere Nähe und dann richtet sich Maurice auf, streckt sich nach dem Ball und wirft ihn leicht dem Kind entgegen. Das greift ihn wieder auf und freut sich darüber ihn wieder in unsere Richtung zu werfen, was wiederum Maurice ihn einsammeln lässt. Die Mutter hat das natürlich beobachtet und überwindet sich nun, als der Ball etwas sehr weit abseits fällt, dass Maurice sich schon enorm strecken müsste, aufzustehen, um den Ball einzusammeln. Dabei geraten Maurice und die Blondine jetzt vis-a-vis und etwas schüchtern, fast mit einem Kloß im Hals entschuldigt sie sich bei ihm, quasi für nichts, aber Maurice hat das erreicht, was er die ganze Zeit wollte. Er hat sie jetzt an der Angel, nimmt die Sonnenbrille ab und fängt natürlich sofort an, über freundliche Belanglosigkeiten in einen Flirt mit ihr überzugehen. Ich, der ich das Gespräch mithören kann, merke deutlich, wie sie sich von ihm umschmeichelt fühlt und es ihr offensichtlich gefällt.

Nicht gefallen tut es dem Ehemann, der zwar nicht hören kann, was gesprochen wird, aber trotz offenbarer Langzeitbeziehung mit einer gutaussehenden Frau immer noch weiß, dass er aufpassen muss, dass da nicht Irgendeiner meint, seiner Frau näherzukommen. Mit einem eher ärgerlichen Gesichtsausdruck ruft er zu ihr rüber, er gehe jetzt ins Wasser, ob sie nicht mitkommen wolle. Diese Frage klang mehr nach einer Aufforderung.

Insofern lächelte sie freundlich Maurice an, ging zurück zu ihrem Mann, der sich eher widerwillig die Klamotten auszog, nahm das Kind in den Arm und sie gingen langsam ins Wasser des Baggersees.

„Kaltakquise", meint Maurice. „Gehört eigentlich nicht zu unseren Aufgaben, aber bei Gelegenheit" und er kramt in der Tasche seiner Jeans und holt ein schwarzes Kärtchen heraus, das er mir zeigt. Es ist eine Visitenkarte, aber deutlich kleiner, als Visitenkarten meistens sind und vor allem: Sie duftet nach einem betörenden männlichen Eau de Toilette.

„Lass uns auch mal ins Wasser", meint er, steht auf und raunt mir zu: „Geh mal langsam vor mir und direkt an deren Decke entlang".

Während ich seinem Kommando folge, merke ich, wie er dicht hinter mir geht, sich kurz auf Höhe ihrer neben der Decke liegenden Klamotten bückt und die Karte in einen ihrer Schuhe hineinsteckt.

Dann sprangen wir in den herrlich erfrischenden Badesee.

—

Ich schrecke fast auf, als ich plötzlich eine warme Hand an meiner Hüfte spüre und Tine mich am Hals sanft küsst und mit ihrer Zunge und Zähnen beginnt zu bearbeiten. „Was träumst Du?" fragt sie, „ach nichts, hab nur auf Dich gewartet". Das lässt sie weiter mit ihrem Mund meinen Hals bearbeiten und ich komme um die ehrliche Antwort herum.

„Willst Du auch was trinken?" frage ich, drehe mich um und leite sie an der Hüfte zurück zum Küchentresen, auf dem ich mein Glas abstelle. Unsere Blicke gleiten zu der Champagnerflasche die ebenfalls auf dem Tresen steht. Wir schauen uns an, schauen beide die Flasche an und schauen uns wieder an, dann ist uns klar, was wir jetzt beide wollen.

Ich nehme die Flasche in die rechte Hand und führe sie zu Ihrem Mund, ohne ihn dabei zu berühren, dann hebe ich sie leicht an und lass etwas Champagner herauslaufen, den sie versucht mit zurückgestrecktem Kopf, offenem Mund und ausgestreckter Zunge aufzunehmen. Absichtlich lass ich einiges von dem Champagner über ihr Gesicht laufen, sodass er an ihren Hals am Körper herunterläuft.

Ich stelle die Flasche wieder ab, küsse sie und sauge und lecke von ihrem Gesicht am Hals runter auf die Titten, deren Warzen ich in meinem Mund sauge, sie leicht beiße und mit der Zunge lecke. Dann greif ich wieder die Flasche und setze sie an ihren Brustwarzen an. Sie hebt die Titten mit ihren Händen und ich gleite mit dem Flaschenhals auf den Titten, während ich zwischendurch das Nass auf die Warzen gieße und wieder aufsauge und lecke.

Ich greife ihr unter den Arsch, drehe sie ein wenig und mit den Zehen meines linken Fußes ziehe ich eine Schublade am Tresen etwas auf, dann hebe ich ihren Arsch an, während sie ihren rechten Fuß auf den Rand der offenen Schublade setzt und sich damit etwas aufwärts drückt, sodass sie auf dem Rand des Tresens zum Sitzen kommt.

Sie lehnt sich etwas zurück und ich gleite wieder mit dem Flaschenhals an ihrem Bauch hinunter. Sie greift nach ihren Schenkeln und zieht sie an, sodass sie mit ihrer jetzt offenen Muschi auf der Kante des Tresens sitzt und ich sie da jetzt leicht küssen, lecken und an den Schamlippen saugen kann.

Dann nehme ich die Flasche und gleite mit dem Flaschenkopf über ihre Schamlippen, was sie aufstöhnen und die Beine noch weiter spreizen lässt. Vorsichtig führe ich den Flaschenhals von unten in ihre Vagina ein und beginne leichte Fickbewegungen mit der Flasche. Sie atmet schwer und stöhnt auf und ich schiebe die Flasche noch etwas tiefer in sie hinein. Jetzt fängt sie an intensiver zu stöhnen und Schreie auszustoßen. Mit meiner linken Hand packe ich ihren Arsch und drehe meine rechte Hand an der Flasche von oben nach unten, damit gerät die Flasche jetzt in die Vertikale und der Champagner schießt aus der Flasche heraus in ihre Vagina. Das lässt sie laut aufschreien. Ich ziehe die Flasche schnell raus und nehme sie zur Seite, während ich sofort meinem Mund vor ihrer offenen Vagina positioniere und der Champagner in einer heftigen Fontäne aus ihr heraus in mein Mund und Gesicht spritzt. Ich stelle die Flasche auf den Tresen, nehme meine Finger, um ihre Schamlippen auseinanderzuziehen, dann lecke ich ihr ausgiebig die Muschi und sauge die Mischung aus Champagner und Muschischleim in mich hinein.

Sie lässt ihre Beine wieder los und rutscht vom Tresen runter auf den Boden, während ich sie dabei etwas auffange.

Wir küssen uns und sie leckt mir die Säfte aus dem Gesicht. „Ich glaub, wir müssen jetzt schon wieder duschen", meint sie nach einiger Zeit.

„Ja, das denke ich auch"

8

ÖL $\eta \approx 10{,}320^2$

Mir war schon klar, dass ich es allein durch *Selbststudien* nicht schaffen würde, ausreichend gewappnet zu sein, meinen ersten Escort-Auftrag anzugehen. Ich brauchte also Praxis. Allerdings bin ich vom Charakter nicht so drauf wie Maurice, der ja bekanntlich alles gevögelt hatte, was nicht bei drei auf den Baum gesprungen ist, was ich ihm im Übrigen ohnehin nicht so ganz abgekauft habe.

Man könnte natürlich sehen, sich ein paar hundert Mark zu sparen und in der Großstadt in einen Puff zu gehen, aber dafür war ich ehrlich gesagt zu geizig und musste wieder an den Eber auf der Plastiksau denken.

Mir aber eine Freundin zu suchen, und es gäbe da schon die eine oder andere Kandidatin, wenn ich entsprechende Signale aussende, und die dann quasi für sexuelle Übungseinheiten zu missbrauchen, war auch nicht mein Ding, zumal, wenn es dann vorbei war, sich meine

Ambitionen in Sachen Liebe, Sex und Partnerschaft vielleicht in meinem Umfeld rumsprechen würden. Ich hatte ohnehin das Image eines Schönlings, dies sollte aber nicht zusätzlich belastet werden, durch das eines *Triebtäters*.

So schloss ich mich einer Gruppe von männlichen Kommilitonen an, die nicht nur in verrauchten Studentenkneipen abhingen und sich in philosophische, weltverbessernde Monologe vertieften, sondern zumindest tief in ihrem Inneren wussten, dass sie einen Schwanz zwischen den Beinen hängen hatten, der ab und an auch sein Recht forderte, sprich, wir gingen freitags- und samstagnachts häufiger in Discos zum Tanzen und natürlich Frauen angraben.

Hier hoffte ich, mal die eine oder andere zu finden, die einfach nur Bock hatte, sich mit mir einzulassen, also nicht den Weg vom Verlieben irgendwann ins Bett zu gelangen, sondern gerade andersherum, vom Bett vielleicht ins Verlieben zu gelangen.

Ja, das war früher alles noch richtig Schwerstarbeit und Überwindung, weit vor den heutigen Partnerschafts- und Dating-Apps. Und damals spielte auch die katholische Kirche noch eine größere Rolle. Viele junge Frauen erweckten zumindest den äußeren Eindruck, selbst die in der Disco, die Keuschheit vor dem Herrn zu sein und sich nicht irgendeinem Charmeur an den Hals zu werfen und dann auch noch direkt mit ihm in die Kiste zu gehen. Nein, man musste da schon gehörig aufpassen, dass aus der ersten Nacht nicht unmittelbar die Vaterschaft und Ehe wurde.

Die Gruppe der jungen Männer war aber ein herrliches Hilfsmittel, das einen nicht so blöd allein davorstehen ließ, irgendwie halbwegs ordentlich eine Discoschönheit anzubaggern: Stets mindestens leicht alkoholisiert, herumalbernd und dadurch mit der entsprechenden Lockerheit, konnte man sich relativ einfach einer Gruppe junger Frauen annähern, vielleicht mal mit einer auf die Tanzfläche gehen, ihr einen Drink ausgeben und an der Bar ein wenig dummes Zeug mit ihr quatschen, was sie wegen des barbarischen Krachs ohnehin nur zur Hälfte verstand.

Ich durfte damals das Auto meiner Eltern benutzen und war fast immer einer der Fahrer, ein Glücksfall für die anderen, die sich das eine oder andere Bier mehr genehmigten. Aber eben ganz absichtlich auch von mir, dass ich eben kaum Alkohol trank und mittels des Autos in der Lage war, tatsächlich eine Flamme abschleppen zu können.

Und ich legte es hier verschärft drauf an, genau das zu erreichen, was angesichts meiner äußeren Erscheinung mir deutlich leichter fiel als manchem Kommilitonen.

Ärgerlich war, dass meine Eltern zwar viel kulturell unterwegs waren, aber ich das eine oder andere Mal eine soweit hatte, mit mir mitzukommen, wir aber weder zu ihr, noch zu mir nach Hause konnten, weil die jeweilige Bude eben leider nicht sturmfrei war.

Aber ab und zu klappte es dann doch. Ich schleppte sie ab, und da Frauen selten Bier trinken, sondern stattdessen irgendwelches Zeugs, mit höherem Alkoholgehalt, welches sie aber umso weniger vertrugen, ließen sie sich häufig willig auf alles ein, was ich so mit ihnen anstellte. Ich konnte mich Schritt für Schritt vorarbeiten in Sachen Oralsex und ficken in allen möglichen Stellungen, dabei meine Leistungsfähigkeit steigern und meinen eigenen Orgasmus immer weiter verzögern, bis dahin, dass es mir manchmal selbst bei einer Nummer gar nicht kam, wenn meine Partnerin sich als zu betrunken, herausstellte und ich dabei dann schon wieder an den Eber denken musste.

Im Rückblick muss ich allerdings eingestehen, dass quasi keine, die ich gevögelt hatte, selbst einen Orgasmus hatte. Die, die zu nüchtern waren, ließen es geschehen und waren wohl eher enttäuscht, die die zu besoffen waren, stöhnten unkontrolliert herum, was, so weiß ich heute, alles mir und sich selbst nur vorgetäuscht war.

Ich musste erkennen, dass der Weg zu einem richtigen Lover noch ein weiter war und begnügte mich mit kleinen Errungenschaften, wie auf ihr Haar achtzugeben, dass ich es nicht irgendwo dazwischen kriege, dass es ihr ziept, nicht irgendeinen meiner Knochen zu sehr auf ihren Körper zu drücken, das es ihr schmerzt und dafür zu sorgen, dass sie in jeder Stellung angenehm liegt, ohne dass irgendwas ihr am Körper drückt oder sogar weh tut.

—

Tine war sichtlich geschafft von dem Champagner-Flaschen-Fick und trottete in Richtung Dusche. Ich ließ sie gehen, rollte ein paar Haushaltstücher von der Rolle und wischte die Sauerei grob ein wenig trocken. Dann nahm ich mein Wasserglas, und füllte es an dem Nobel-Kühlschrank mit außen angebrachtem Eiswürfelspender mit Eiswasser und Eisbrocken auf.

Der Druck nachdrückenden Spermas aus meinen Eiern ließ meinen Schwanz schmerzen und ich ließ ihn vorsichtig in das eisige Wasser des Glases eintauchen. Es dauerte eine Zeit lang, die Kälte auszuhalten, bis mein Schwanz fast ganz erschlafft komplett im eisigen Wasser war und ich ihn auch eine Zeit lang darin belassen konnte. Mit dem Glas in der Hand ging ich ins Schlafzimmer und stellte das Glas auf einen der Nachtschränke. Sie war offenbar noch im Bad, die Tür war nur angelehnt und ich lugte hinein. Sie trocknete sich gerade ab, sagte: „Komm rein", ich küsste sie auf die Wange und sie sagte: „ab ins Wasser mit Dir". Ich stieg unter die Dusche, während sie das Bad verließ. Nach dem Abtrocknen wischte ich mit dem Handtuch die Feuchtigkeit an einer Stelle vom Spiegel und sah hinein, fasste mit der Hand über mein Kinn, besah mein Gesicht und lächelte mir selbst zu. Dann ging ich ins Schlafzimmer.

Tine hatte das Licht verändert, es schimmerte jetzt aus irgendwelchen indirekten Quellen warm in einem leicht rötlichen Ton, aber doch so hell, dass wir uns und alle Stellen unserer Körper noch gut sehen konnten. Sie hatte sich einen sehr knappen, ebenfalls rötlichen Spitzen-BH und Slip angezogen und lag bauchlinks lang auf dem Bett. Ich glitt hinter sie aufs Bett, beugte mich über sie und küsste sie sanft auf die Schulter. Während ich mich küssend in Richtung ihres Nackens und Ohrläppchens bewegte, flüsterte sie mir zu: „Massierst Du mich ein bisschen?" Gleichzeitig drehte sie die Handfläche ihres neben dem Körper liegenden Armes auf, in der ein kleines Fläschchen, offenbar mit einem speziellen Massageöl lag. Ich nahm das Fläschchen, drehte es auf und roch daran. Ein mega-betörender Duft entwich und ich hatte kurz das Gefühl, als würde ich einen tiefen Zug aus einer Haschischtüte nehmen, so benebelt und konfus fühlte ich mich. Wieder Klarheit erlangend dachte ich, Mann, was ist das für eine geile Frau !. „Wo möchtest Du denn gerne massiert werden?" fragte ich und sie führte ihre Hand auf den Rücken in die tiefe Mulde der Wirbelsäule, als würde sie dem Physiotherapeuten die schmerzende Stelle zeigen. Ich glitt mit den Fingern an der Wirbelsäule entlang, weiter nach unten bis zum Steißbein und griff dabei unter den Slip. Dann goss ich vorsichtig mit einem dünnen Rinnsal von dem Öl in die Mulde, führte wie Flasche weiter, sodass Öl an ihrem Steißbein auf den Slip tröpfelte und an der Arschspalte runterlief.

Ich schloss die Flasche, legte sie abseits aufs Bett und begann sie mit beiden Händen zu massieren, dabei ging ich mit meinen Daumen richtig auf die Muskulatur an der Wirbelsäule ein. „Mmh", machte sie und ein mucksches Gesicht. „Du hast doch massieren gesagt", säusle ich ihr ins Ohr mit gespielter Unschuld. „Ja, aber ein wenig" und sie machte eine Pause, „zärtlicher". „Ach eine zärtliche Massage möchtest Du?" frage ich weiter säuselnd und betont unschuldig. „Komm Baby, Du weißt doch wie ich es gerne habe". Ich verteile das Öl jetzt etwas sanfter, massiere es leicht ein und rutsche hinter sie zwischen ihre Beine. Mit meinen Händen hebe ich ihren Arsch etwas in die Höhe, dass sie auf die Knie gelangt, sie aber mit ihrem Oberkörper und Kopf weiter auf dem Bett liegt. Erneut nehm ich das Öl und lasse es auf ihre Arschbacken tropfen, leg die Flasche wieder zur Seite und massiere das Öl auf ihrem Arsch ein. Ausgiebig lass ich meine Hände auf dem Arsch kreisen und fange an mit meinem Mund an den Slip heran zu lecken und ihn mit den Zähnen zu greifen. Während ich weiter die Arschbacken massiere, ziehe ich mit den Zähnen den Slip hoch, sodass sich der Stoff in ihrer Arschspalte und der Muschi strafft und sich zwischen ihre Schamlippen zwängt. Weiter mit dem Slip in meinem Mund, bewege ich mich etwas zurück und ziehe ihn damit über ihren Arsch nach unten, dann lass ich ihn los und er fällt unter leichter Zuhilfenahme meiner Hände aufs Bett. Ich greife ihn da und zieh ihn ihr über die Beine aus, die sie dafür kurz anhebt. Danach drücke ich ihre knienden Beine weiter auseinander. Ich nehme erneut das Ölfläschchen und lass von dem Öl etwas durch die Arschspalte rinnen, lasse dann meine rechte Hand zwischen ihren Arschbacken hin und hergleiten, dabei massiere ich ihren Anus und schiebe Öl weiter in ihre Muschi, die ich damit einmassiere. Gleichzeitig bewege ich meinen Daumen auf ihrem Anus und dringe leicht in ihr Arschloch ein. Ich nehme meinen Schwanz und drücke meine pralle Eichel an ihren Anus aber ohne in ihn einzudringen, dann schiebe ich ihn weiter an ihre Muschi, was sie ihren Körper noch weiter anheben lässt, damit ich nun in ihre Vagina hineingleiten kann.

Trotz des mächtigen Arsches kann ich relativ tief von hinten in sie eindringen und beginne sie zu ficken. Sie keucht und stöhnt wieder, was mich dazu veranlasst, sie härter zu ficken, indem ich meine Finger in ihre Arschbacken kralle um ihren Körper mit Kraft in unserem Fickrhythmus zu halten.

Wir lieben diese Stellung, weil sie zwar für Tine etwas anstrengend ist, gleichzeitig ich aber mit fast jedem Pumpen ihren G-Punkt berühre, da mein Schwanz zwar hart, aber längst nicht mehr wie eine Banane nach oben steht, sondern eher waagerecht oder sogar nach unten.

Ich merke, wie ihre Haut immer schweißnasser und ihr Stöhnen immer lauter und intensiver wird.

Außer Atem und am Ende meiner Kräfte lasse ich wieder etwas nach, damit wir beide verschnaufen können, ziehe meinen Schwanz aus ihr heraus und lasse sie sich auf den Rücken legen. Mit geschlossenen Augen liegt sie ausgebreitet da und relaxed etwas von dem kurzen aber harten Fick.

9

COCKTAIL $\eta \approx 1,834$

„Hi, hier ist Maurice, kannst Du reden?"

„Was?"

„Ob Du reden kannst, bist Du allein?"

„Oh, ja, ja, meine Eltern sind auf der Arbeit".

Es war irgendwann vormittags, heute war vorlesungsfrei und ich hatte bis zum Klingeln des Telefons noch gepennt, war dann aufgeschreckt und nach unten gerannt.

„Hör zu, bist Du bereit für Deinen ersten Auftrag?"

„Ich?"

„nein, Du!". Maurice war sichtlich genervt.

Ich riss mich jetzt zusammen: „Ja, ich denke schon".

„Ich denke schon", wiederholte er mich, „also kommenden Mittwoch wird Vivian wieder in der Stadt sein", und er spricht den Namen betont französisch klingend aus, nicht so wie im Film Pretty woman, in modernem Ami-Englisch.

Ich war jetzt richtig wach und konzentrierte mich: „Ist das eine Französin?"

„Ja, aber sie spricht auch Deutsch, will sich aber auch französisch unterhalten können, die kokettiert damit ein bisschen rum. Kannst Du Französisch?"

Durch die Nähe zur französischen Grenze, gehört es zum Allgemeingut, dass die Leute etwas Französisch draufhaben. Ich hatte es allerdings in der Oberstufe abgewählt und auch sonst kaum Praxis.

„Geht so, ein paar Freundlichkeiten krieg ich wohl hin", antworte ich schließlich.

„Geht mir ähnlich, ich bin auch gut in Französisch, nur mit der Sprache hapert's".

Dass das ein Witz sein sollte, hab ich nicht geschnallt, sodass er nach einer kurzen Pause über seinen eigenen Witz lachen musste, es mir aber angesichts dessen, ich jetzt auch noch in einer mir nicht geläufigen Sprache wohlmöglich meinen ersten Einsatz vollbringen soll, nicht zum Lachen war.

„Sie landet Mittwochmittag, Du holst Sie ab, fährst Sie zum Hotel, bringst Sie zu ihrem Businesstermin und abends gehst Du mit ihr in die Philharmonie; dann vielleicht noch Essen und so weiter; fahr vorher ins Büro, hol Dir vom Chef seinen BMW; und hör zu, top gekleidet und frisiert musst Du sein, frisch geduscht, muss ich Dir nicht sagen, sie ist ein wenig extravagant, macht auf haute Couture mit teurem Schmuck, wie bei Frühstück bei Tiffany, ach was, kennst Du ja nicht, wie auch immer, alles nur Fassade; sie ist das Paradebeispiel einer liebeshungrigen Französin, meint den deutschen Männern immer mal wieder zeigen zu müssen, was richtiger, hemmungsloser Sex ist, selbst ich hab viel von ihr gelernt;

hab ihr gesagt, dass ich keine Zeit hab Mittwoch und Dich wärmstens empfohlen und ich glaub ich hab sie richtig scharf auf Dich gemacht"

„Mittwoch", sage ich tonlos, wohl wissend, dass ich da eigentlich Uni habe aber irgendwie jetzt nicht mehr absagen kann. „Also gut, mach ich, ich ruf den Chef an, dass er mir die Details erzählen kann"

„Prima!", ruft er fast überrascht aus, „das kriegst Du schon hin, keine Sorge, also bis dann, Ciao"

„Ciao"

Nach einem Telefonat mit dem Chef, bin ich Mittwoch pünktlich top gestylt im Büro, hab mir sogar Wechselklamotten eingepackt. Zum Glück haben meine Eltern von all dem nichts mitbekommen, da sie deutlich vor mir das Haus verließen. Der Chef zeigt mir mehrere Fotos von Vivian und fragt mich, ob ich eines haben möchte, um sie am Flughafen zu erkennen. Aber nein, wenn die Frau so aussieht, wie auf den Fotos, erkenn ich die gegen die untergehende Sonne: Eine richtige Rassefrau, wie aus einem Film. So viele wird es auf dem Flughafen nicht geben, da kann eigentlich keine Stewardess mithalten.

Dann gibt er mir den Autoschlüssel und seine Sekretärin drückt mir die Schlüsselkarten für Hotelzimmer und Tiefgarage plus Konzertkarten in die Hand, nicht ohne mich dabei mit einem Gesichtsausdruck anzusehen, der eine Mischung aus Geilheit, Mitleid und künstlicher Freundlichkeit wiederspiegelt.

Erneute Hand des Chefs auf meiner Schulter plus motivierende Worte, die ich kaum aufnehme, und dann ab ins Auto, auf die Autobahn zum Flughafen.

Ich parke den Wagen und gehe im Ankunftsbereich zu einem Schalter, wo ich nach Alex frage. Nicht, dass ich den kenne, der Chef nannte mir den Namen. Kurze Zeit später kam ein breitschultriger Sicherheitsmann durch eine Glastür, der offenbar Bescheid wusste, mir die Hand gab, mich nach meinem und dem Namen der Firma fragte, und mich dann durch das Terminal führte.

„Wir müssen ein wenig spazieren gehen", meinte er, „zur Sicherheit". Und er führte mich durch Türen und Treppen herum, bevor wir wieder eine gesperrte Glastür durchschritten und dann unmittelbar am Gate standen, wo die Maschine aus Paris ankommen wird. Mit einem Gruß an den Chef verabschiedete er sich und tauchte wieder ab und ich sah bereits, wie der Flieger am Finger des Gate andockte.

So hatten Vivian und ich es beide nicht schwer, ohne uns jemals zuvor gesehen zu haben, uns zu erkennen, denn natürlich wurde niemand anderes bereits vor den Kontrollstellen in Empfang genommen.

„Salut Jack, ca va"; sagte sie freundlich und hielt mir ihre Wange hin für Küsschen links, rechts links.

„Hi Vivian", antwortete ich mit leichtem Griff an ihre Hüfte und weitergleiten lassen meiner Hand zu ihrer Tasche, die ich ihr abnahm und gleichzeitig in der Hoffnung, dass sie nicht gleich französisch daherquatschen würde. Aber das war ein Fehler, nicht wie französische junge Leute mit 'Salut' zu grüßen, sondern ami-mäßig mit ‚Hi'. Sie quatschte direkt auf Französisch los und ich verstand eigentlich nichts, außer vielleicht einzelne Worte. Es sollte wohl ein Test sein, den ich schon mal vergeigte, weil ich über meine Antwort grübelte, aber de facto mein völliges Nichtverstehen eingestand, dann lächelte Sie und sagte auf Deutsch: „Schön dass Du mich hier in Empfang genommen hast".

Ich nickte nur freundlich und fragte: „Hast Du noch

weiteres Gepäck?"

„Ja einen Koffer, einen großen", Pause: „roten"

Wir gingen die Gänge entlang unterhielten uns über Belanglosigkeiten, wie das Wetter, ich taute langsam auf und warf die eine oder andere französische Vokabel oder auch mal einen Halbsatz auf Französisch dazwischen, was sie offensichtlich freute. Überhaupt wurde dieser Sprachmischmasch zu unserer bevorzugten Unterhaltungsform, an der wir beide in Zukunft richtig Spaß entwickelten.

Am Gepäckband wuchtete ich einen großen, schweren, roten Koffer auf den Trolley, verwundert, was sie alles für einen kurzen, offiziell ja Businesstrip, so alles mitschleppte. Danach die Sicherheitskontrollen, die wir ohne aufgehalten zu werden passierten und zum Auto gingen, was nicht weit entfernt geparkt war.

Wir fuhren aus der Großstadt in unser beschauliches Städtchen. Offenbar gibt es so einige Geschäftsreisende, die lieber in meiner kleinen Heimatstadt residieren, auch wenn sie eigentlich nebenan in der Großstadt zu tun haben.

Das Hotel ist natürlich das beste im Ort, wobei es ohnehin nur wenige gibt und ich fahre in die Tiefgarage hinein, wie in meine Hauseinfahrt. Das Hotel war mir von früheren Familienfeiern oder auch anderen privaten Besuchen bekannt. Mit dem Fahrstuhl ins oberste Stockwerk, wo sie ein größeres Zimmer gebucht hatte, dessen Tür ich ihr wie der Hotelpage öffnete und sie eintreten ließ. Zimmer war natürlich untertrieben, ich würde schon Suite dazu sagen.

„Ich mach mich kurz frisch und dann müssen wir ins Büro", meint sie, schlüpft aus den Schuhen, öffnet die Bluse, zieht sie aus und geht ins Bad ohne die Tür zu schließen.

Ich setze mich auf die Couch und versuche mich mit dem atemberaubenden Blick aus dem Fenster abzulenken, aber mein Blick geht doch immer mal wieder rüber zum Bad. Als seien wir seit Jahren ein Liebespaar, steht sie im BH am Waschbecken, zieht sich jetzt auch den Rock aus, wäscht sich mit einem Waschlappen ein wenig ab und ruft mir zu, ob ich den Koffer für sie öffnen könne.

Ich stehe auf, lege den Koffer auf eine Ablage, öffne ihn und da steht sie auch schon neben mir, greift im Koffer nach frischer Unterwäsche und geht wieder zurück. Dann zieht sie sich Seidenstrümpfe mit einer schwarzen Naht auf der Innenseite der Beine an, dazu Strapse, die sie an den Strümpfen befestigt, und wechselt die Unterwäsche in einen super knappen schwarzen Spitzenslip, den sie über den Straps zieht und legt einen ebensolchen BH an. Sie parfümiert sich, schminkt sich etwas nach und zieht anschließend Rock und Bluse wieder darüber.

Dieses Spielchen war schon brutal, was sie da spielte und ich musste doch etwas schwerer atmen, als normal.

Ihr immer mal wieder zu mir gerichteter Blick und ihr Smalltalk im Sprachmischmasch dienten ihr offenbar dazu, meine Reaktion zu testen, also wie ich auf ihre Reize reagiere. Da es mir nicht gleich in der Hose gekommen ist, sondern ich relativ souverän reagierte, eben, als seien wir schon länger zusammen, ließ sie mich diesen ersten Test offenbar bestehen.

Ab geht's wieder zurück in die Großstadt. Ich setze sie vorm Eingangsportal der Dependance der Firma, für die sie arbeitet ab und soll in zwei Stunden wieder hier auf sie warten. In der Zwischenzeit fahre ich ans Flussufer, setze mich ein wenig in die Sonne und versuche mich mental auf den weiteren Tagesablauf einzustellen.

Ich bin rechtzeitig zurück, musste aber mindestens eine weitere Stunde auf sie warten. Irgendwann kam sie etwas hektisch aus dem Gebäude, setzte sich zu mir ins Auto und mit ein paar Entschuldigungsfloskeln und ihrer Hand auf meinem Oberschenkel fragte sie mich nach einem netten Café, in das wir gehen könnten und sie noch etwas von dem Businesstermin abschalten konnte.

Klar wusste ich wohin und wir saßen noch eine Zeitlang herrlich am Fluss in der Sonne, tranken Café au lait (was sonst) und sie ließ ihren Frust über die ganzen unfähigen Männer in der Firma, die sie alle verarschen wollen, aus.

„Waren das denn alle Deine Chefs?", fragte ich unbedarft, ohne Kenntnis, was sie da beruflich eigentlich macht.

„Non cheri, ich bin ihre Chefin", antwortete sie trocken.

Zurück im Hotel war nochmal frischmachen angesagt. Zuerst sie natürlich, diesmal bei geschlossener Badtür, kam sie mit hochgestecktem Haar und engem langen Rock wieder heraus. Danach ging ich ins Bad, kurze Dusche, frisches Hemd, seidenglänzend, nein nicht von der Erstkommunion, ich hatte es aus irgendeinem Anlass später mal gekauft, dazu einreihiges Jackett, Einstecktuch.

Als ich rauskam, schien sie zufrieden mit meiner Erscheinung, wischte mit den Händen über meine Schultern, fast wie bei meiner Mutter dachte ich, gleichzeitig wissend, dass sie fast meine Mutter sein könnte.

Dann in die Philharmonie, gemischtes Programm, natürlich viel Französisches dabei, am Schluss, wie soll es anders sein, Ravels „Bolero". Mir schien es ihr ganz bewusster Auftakt zum nachfolgenden Abendverlauf zu sein.

Während sie sich auf dem Hinweg noch in meiner Armbeuge unterhakte, gingen wir auf dem Rückweg schon Hand in Hand.

Auch ich war mental jetzt schon quasi im Tunnel, sah mich sie bereits innerlich auf dem Couchtisch des Hotelzimmers durchvögeln, als ich je aus dem Fluss meiner Handlungsabsichten gerissen wurde, als wir am Nationaltheater vorbeikamen, das auch gerade Vorstellungsende hatte und ich da vor dem Theater plötzlich meine Eltern entdeckte. Meine Mutter stand mit dem Rücken zu mir, mein Vater erkannte mich erst nicht, dann sah er mich aber deutlich an, erst ernst, dann lächelte er leicht, wandte sich meiner Mutter zu und legte ihr den Arm um die Schulter, um sie zur Seite zu drehen und loszugehen. Wir gingen in die entgegengesetzte Richtung weiter. Er hat mich nie darauf angesprochen.

Da ich jetzt schon zweimal mit ihr von der Tiefgarage mit dem Fahrstuhl direkt ins Zimmer gefahren war, fiel diese Schwelle, mich mit auf ihr Zimmer nehmen zu wollen vollkommen weg. Es war klar, dass wir *directment* wieder in ihrem Zimmer landeten und sie gleich den Hörer des Haustelefons nahm und was zu trinken und zu knabbern bestellte. Die Lieferung wartete sie noch ab, machte betont die Zwischentür zur Zimmertür zu, damit der Page keinen Einblick und vor allem mich nicht zu Gesicht bekam.

Dann kam sie mit dem Tablett zurück und wies mich an, die Champagnerflasche zu öffnen: „Komm mach uns was zu trinken, cheri"

Während ich zwei Gläser füllte, befreite sie ihr volles schulterlanges Haar und legte einiges von dem Schmuck ab, der ihr offenbar zu unbequem wurde, dann setzen wir uns aufs Sofa, stießen miteinander an und ich nahm einen ordentlichen Schluck aus dem Glas, zum einen, weil ich vielleicht durstig war, auch hatte ich seit dem Vormittag nichts mehr gegessen, zum anderen aber auch vielleicht, weil ich mir etwas Mut antrinken musste. Angesichts des lehren Magens war der Alkohol unmittelbar zu spüren und die von mir gewünschte Lockerheit stellte sich bei mir ein.

Wir setzten unseren Smalltalk fort, sie fragte mich erstmalig, was ich überhaupt sonst so mache, wenn ich nicht mit fremden Frauen ausgehe und schaffte natürlich schnell den Schlenker zu meinen Ambitionen und Aktivitäten in Sachen Frauen. Normalerweise würde ich keiner meiner Discobekanntschaften irgendetwas von einer anderen Discobekanntschaft erzählen und sie würden auch nicht auf den Gedanken kommen, danach zu fragen, aber Vivian war sehr galant und geschickt, sogar sexuelle Erfahrungen und Vorlieben aus mir rauszukitzeln. Mann, ist das eine Frau, dachte ich, wenn ich mich noch daran erinnerte, wie peinlich und unbeholfen mein Vater damals mit mir über sexuelle Dinge gesprochen hatte, in der Absicht, mich aufzuklären.

Und so landete dann doch recht schnell meine Hand auf ihrem Oberschenkel, glitt hoch zu ihrer Hüfte und sie begann fortan jede meine Körperbewegungen, über die Hände, die Finger, das Gesicht, den Mund, die Zunge, meine Hüfte, den Arsch und den Schwanz zu lenken, nein zu dirigieren, wie gerade der Dirigent in der Philharmonie offenbar jedes Instrument, jeden Musiker seines großen Orchesters steuerte, wann er oder sie mit ihrem Instrument einsetzt, ob piano, ob forte, ob Crescendo oder Stakkato, ganz egal, er steuert einfach alles und alle machen genau was er will und alle wollen genau das machen was er will und lassen sich total darauf ein, sind ihm total gefügig, ja regelrecht hörig.

So nahm unser erstes erotisches Zusammenkommen seinen Lauf. Ich hatte das Gefühl, alles nochmal vollkommen von vorne zu lernen, als hätte ich noch nie Sex mit einer Frau gehabt, ich musste eigentlich alle meine bisherigen Erfahrungen über Bord werfen. Das Ficken war bei allem was wir miteinander machten, fast das unwesentlichste. Unter ihrer Feinsteuerung bauten wir eine wahnsinnige erotische Spannung auf, die uns ganz sanft aber stetig immer leidenschaftlicher und geiler werden ließ. Immer mehr steigerte sich die Spannung, ließ bewusst wieder etwas nach, um dann noch ein wenig stärker anzusteigen, bis sie, man muss es so sagen, sie, uns beide zum Höhepunkt brachte, uns hemmungslos aufschreien, keuchen und abspritzen ließ.

Ich war so fertig, wie noch nie, sie zog sich wieder etwas an, während ich immer noch im Bett lag wie scheintot, dann merkte ich, wie sie sich zu mir herunterbeugte, um mir einen Kuss auf die Wange zu hauchen,: „Ich muss noch ein wenig arbeiten, cheri", und sah, wie sie bereits vollständig im Hausanzug mit Sweater sich an den kleinen Schreibtisch setzte und auf ihrem Laptop herumtippte.

Ich suchte meine Klamotten zusammen, zog mich gefühlt nur so halb an, griff den Rest, ging zu ihr rüber, hauchte ihr einen Kuss ans Ohr, sagte: „bonne nuit" und verließ das Zimmer.

—

Während Tine fast k.o. auf dem Bett liegt, setze ich mich auf die Bettkante, nehme ein Stück Eis aus dem Glas und lass es auf der Innenseite meines Schwanzes langgleiten. Das lässt die Erektion etwas herunterfahren und ich habe das Gefühl, dass der Druck aus meinen Eiern etwas nachlässt.

Dabei fällt mir ein kleines Plastiktöpfchen auf, dass auf dem Nachttisch offenstehend, halb gefüllt ist mit, wie ich bei genauerem Hinsehen erst feststelle, einem Fruchtcocktail, also dem typischen Zeugs, was man eigentlich aus der Dose kennt, mit Mango, Ananas und diesen komisch schmeckenden Cocktailkirschen und dies alles in einem süßlichen, dickflüssigen Fruchtsaft eingelegt. Hier nur alles en miniature, mit zerkleinerten Fruchtstückchen im Mini-Plastikbecher. Ich nehme es in die Hand, schau es kurz an, stelle fest, dass ich das kenne und schon mal beim Discounter gesehen habe, wende mich zur Seite, halte es in ihre Blickrichtung und frage sie: „was hast Du denn damit im Sinn?" Sie öffnet die Augen und lächelnd antwortet sie: „Das ist für Dich", Pause, „zum Essen".

„Wie soll ich das denn da rauskriegen, ich hab gar keinen Löffel".

„Dann musst Du es eben herausschlecken", sagt sie mit betont geilem Gesichtsausdruck.

Ich halte den Becher weiter in der Hand, beuge mich zu ihr herunter, küsse sie mit leicht geöffnetem Mund auf ihre weichen Lippen und sage: „das einzige was ich gerne ausgiebig schlecke, ist Deine Muschi". Sie lächelt und meint: „vielleicht magst Du Dein Muschigericht mal etwas fruchtig versüßen".

Dieses Spielchen, was wir hier miteinander spielen, machen wir natürlich nicht zum ersten Mal: Oralsex unter zur Hilfenahme von irgendwelchen Liquiden, von wässrig nass, über glitschig schmierig oder sogar, wie jetzt in diesem Fall, mit Einlage, gehört zu unserem Repertoire.

Ich rutsche zwischen ihre Beine und geh auf die Knie. Sie spreizt die Beine, indem sie sie mit den Händen unter den Kniekehlen an sich zieht. Dabei öffnen sich die Schamlippen und auch die Vagina steht fingerbreit offen. Ich tröpfele vorsichtig von dem dicken Fruchtsaft auf ihre Muschi und in ihre Vagina hinein, lecke sie etwas und jetzt neige ich den Becher etwas mehr, sodass auch Fruchtstückchen herausgleiten und ich meinen offenen Mund auf ihrer Muschi ansetzen und sie aufschlecken muss, weil die ganze Suppe schon in ihrer Arschspalte herunterläuft. Ich lass den Becher neben dem Bett auf den Boden fallen, greife ihre Schenkel und drücke sie noch etwas höher. Das lässt sie vor Wollust aufschreien. Dann sauge und schlecke ich den Saft und Fruchtstückchen, schlürfe das Zeugs in mich hinein und schlucke es hinunter. Sie zieht die Schenkel noch höher, sodass ich jetzt den Rest bis weiter unterhalb ihres Anus auflecken kann, danach wieder aufwärts, mit den Fingern den Anus etwas auseinanderziehe und alles von dem süßen Saft aufschlecke, dabei stöhnt und röchelt sie regelrecht vor Geilheit.

Ich lass ihre Beine wieder los und sie legt sich wieder lang hin, dann beuge ich mich zu ihrem Gesicht und sage: „Das war schon mal ganz lecker". Sie lächelt erschöpft, da ich sie offenbar wieder an den Rand eines Höhepunktes gebracht habe, sie sich aber den Steigerungen der Lust, mit wachsender Geilheit entgegensehnt.

Sie dreht ihren Körper leicht zur Seite und greift in eine Schale auf dem Nachttisch und nimmt daraus einen Waschlappen, wringt ihn mit einer Hand etwas aus, beugt sich zurück und wischt mir damit das klebrige Gesicht. Er duftet betörend nach Rosenöl und ich lass es geschehen wie ein sattes Kleinkind nach der Fütterung. Dann dreht sie sich wieder, spült den Lappen in der Schale kurz aus, wringt ihn wieder, dreht sich zurück und gibt ihn mir in die Hand: „Komm Baby, wasch mich", säuselt sie mir zu, lehnt sich zurück, greift wieder unter ihre Kniekehlen, um ihre Beine weit zurückzuziehen. Ich positioniere mich vor ihrer gähnenden Muschi und wasche sie sanft mit dem Lappen vom Bauchbereich bis weit unter den Arsch, dabei widme ich mich besonders dem Bereich des Kitzlers, der Vagina und dem Anus. Ich lass den Lappen neben dem Bett auf den Boden fallen und positioniere mich kniend vor ihrer Muschi, nehme meinen Schwanz in die Hand, wichse ihn ein wenig und tätschle ihre Schamlippen mit ihm. Ich lass ihn auf den Schamlippen hin und her gleiten und dann führe ich ihn in ihre Vagina ein, was sie sehnlichst erwartet hatte, denn sie schreit vor Geilheit regelrecht auf. Dann beginne ich sie langsam zu ficken, dabei rutsche ich ein wenig von den Knien und sie lässt ihr Gesäß etwas weiter herunter, zieht aber weiterhin die Waden mit den Händen an sich. Sie stöhnt immer lauter und weil sie mich mit ihren Händen nicht steuern kann, schreit sie mich wollüstig an: „Komm Baby, fick mich !", und weiter: „fick, fick, fick"!!! Sie kann nichts weiteres mehr sagen, weil sie in ein Dauerstöhnen übergeht. Ich pumpe jetzt mit aller Energie, die ich noch habe, dabei läuft mir der Schweiß in Strömen vom Gesicht und Körper.

Aber ich muss und will nochmal eine Pause einlegen, verlangsame die Fickbewegungen und gleite anschließend aus ihr heraus. Völlig erschöpft lege ich meinen Mund auf ihre Muschi und lecke und sauge ihre Säfte, während sie ihre Waden weiter hochgezogen festhält. Als ich ihren Kitzler einsauge, merke ich, dass sie unmittelbar vorm Höhepunkt steht und nehme den Mund hoch, packe ihre Arschbacken, um sie wieder weiter anzuheben, greife die offene auf dem Nachttisch stehende Gleitgeltube und kleckse einen ordentlichen Schwall auf ihren Anus. Ich lass die Tube neben dem Bett zu Boden fallen und führe den Daumen meiner rechten Hand in ihren Anus ein. Sie stöhnt dabei langanhaltend auf und ich gleite tiefer in ihrem Arschloch hin und her. Dann nehme ich den Daumen raus und meinen Schwanz in die Hand und setze ihn an ihrem Arschloch an, während ich ihn vorsichtig einführe. Sie kriegt sich gar nicht mehr ein vor wollüstigem Gestöhne und Schreien. Vorsichtig fang ich an sie zu ficken und tiefer in ihren Anus reinzugleiten. Jetzt löst sie ihre rechte Hand von ihrer Wade, die daraufhin etwas heruntersackt und ich mit meiner linken Hand durch Griff an ihren Oberschenkel wieder in Position drücke, greift sich an die Muschi und wichst wie eine Wilde ihren Kitzler. Dann beginnt sie zu schreien: „Ich komme, ich komme, ich komme"!, und schon spitzt es wieder in einer Fontaine aus ihr heraus und nässt uns beide von oben bis unten ein.

Ich bin völlig fertig und gebe die Anspannung in meinen Lenden frei, drücke meinen Schwanz ein letztes Mal an ihren Körper und spritze meine Ladung tief in ihr Arschloch hinein.

Dann breche ich regelrecht zusammen über ihr und sacke völlig erschöpft auf sie herab, gleite aus ihrem Anus und drehe mich und falle mit letzter Kraft zur Seite, denn auch sie keucht wie nach einem Marathonlauf und ich muss Atem holen als sei ich kurz vorm ertrinken im letzten Moment noch aufgetaucht.

10

GEL $\eta \approx 12{,}143^2$

Seit dem „Vivian-Auftrag" sind mehr als eine Woche vergangen und ich habe nichts gehört; Keine Reaktion, weder vom Chef, noch von Maurice oder geschweige von ihr selbst. Nachdem ich mich anfänglich total euphorisiert gefühlt hatte, trotz des für mich etwas ungewöhnlichen Endes, wandelte sich deutlich mein Gefühl dahingehend, dass ich wohl versagt hätte.

Und so schlich ich dann nach einer Stadtführung nachmittags ins Büro und traf den Chef allein an. Jetzt reiß dich zusammen, sagte ich mir und klär das Thema mit ihm.

„Chef, was trag ich eigentlich für Arbeitszeiten ein, von neulich, als ich mit der Französin unterwegs war?"

„Wieso?" fragte er und sah mich an, „na, von Anfang bis Ende"

„Mmh, welches Ende meinen Sie denn?"

„Jack", sagte er und sah mich mit fast väterlichem

Ausdruck an, „Ende ist dann, wenn du den Auftrag vollständig beendet hast".

Ich versuchte ein möglichst neutrales, nichtssagendes Gesicht zu machen, angesichts dessen, was ich mit ihr nach dem Konzert im Hotelzimmer angestellt hatte, war das nicht so einfach.

„Dann sind das aber ganz schön viele Stunden".

„Ja, Mann, schreib sie auf, wenn's zu viele sind, trag sie in den nächsten Monat vor. Du musst Dich sowieso bald beim Gewerbeamt melden, weil Du eigentlich nach Pauschalen direkt mit den Kundinnen abrechnen wirst, wenn alle Kundinnen auf dich so abfahren, wie Vivian!"

Was hat der gerade gesagt? Ich konnte es kaum glauben und machte wohl ein ziemlich dummes Gesicht. Und er sprach weiter: „sie will dich übernächste Woche unbedingt wieder sehen und das macht mir echt Probleme".

Auf meinen verwunderten Gesichtsausdruck sagt er: „Maurice ist glaub ich echt pissig, dass sein Schätzchen ihm den Laufpass für einen Jüngeren gegeben hat".

Ich konnte das alles gar nicht glauben und wollte dazu auch irgendwie lieber nichts sagen, eh ich was falsches sage.

„Lass mal, der kriegt sich schon wieder ein, ich werd schon sehen, dass er zumindest anderweitig auf sein Geld kommt, aber Du, seh mir ja zu, dass Du den Vivian-Auftrag nicht vermasselst, der bringt nämlich richtig Geld in die Kasse!"

Ich merke richtig, wie meine Brust vor Stolz anschwillt und ich mir ein Grinsen nicht verkneifen kann: „Mach ich Chef, sagen Sie mir nur den genauen Termin".

Und so hatte ich in der kommenden Woche und auch fernerhin ca. alle vier Wochen ein Date mit ihr.

Unter ihrer Federführung (typisch Chefin) entwickelte

sie mich zu einem Lover, wie sie ihn wohl haben wollte. Der Sex wurde immer extravaganter, fand immer seltener hauptsächlich im Bett, dafür häufiger auf der Couch, dem Couchtisch, auf dem Fußboden, der Dusche, Kloschüssel und auch dem Balkon statt. Sie steigerte ihre Oraltechnik an mir, von anfänglichem zärtlichen lecken meines Schwanzes hin zu einem immer härter werdenden wringen mit den Händen, lecken, saugen, beißen und immer tiefer in ihren Hals einführenden Aktionen, wobei ihre Hände meine Eier regelrecht abreißen und ihre Finger in mein Arschloch hineinwollten. Auch entwickelte sie einen Hang zum Sex in der Öffentlichkeit, aber nicht im stillen Wäldchen sondern immer da, wo uns zusätzlich die Anspannung, von irgendjemandem erwischt zu werden obendrein kirre macht, also im Stadtpark oder auf dem Klo von irgendeinem Lokal. Wenn es eine Gelegenheit gegeben hätte, mit mir gemeinsam im Flieger zu sein, hätte sie mich sicher auch während des Fluges auf dem Klo ficken wollen.

Auch ohne Sex machte das Zusammensein mit ihr viel Spaß, aber bei den immer neuen Erfahrungen, was ich wohl mit Frauen und Frauen offenbar mit mir gerne für geile Sachen so anstellen wollen, wurde mein Gefühl zunehmend ambivalent, kamen mir Zweifel, ob das alles noch normal ist, was wir miteinander anstellen.

Hinzu kam, dass ich mittlerweile auch andere Aufträge bekam, mit Frauen, die so ganz anders waren, als Vivian, mit denen es nicht unbedingt noch ins Bett ging und wenn doch, es bei einer leidenschaftlichen, heißen Nummer blieb, bei der Zärtlichkeit, Leidenschaft und langsames gefühlvolles steigern der Lust bis zum Orgasmus im Vordergrund stand.

Vivian hingegen wollte es immer härter von mir: Sie

zeigte mir, wie man Analverkehr praktiziert, also den Anus der Frau dafür vorbereitet, die richtige Stellung, dass es sie richtig geil macht und sie dabei keine Schmerzen hat. Und es machte sie geil! Ich vögelte sie quasi auch immer anal und offenbar machte sie das noch geiler, als vaginal.

Und sie wollte beim Sex hart angefasst werden von mir. Ich musste sie schlagen, was mir anfänglich total wiederstrebte. Ich bin kein Schläger, weder gegenüber anderen Männern und schon überhaupt nicht gegenüber Frauen. Aber sie wollte es. Und so schlug ich ihr auf den Arsch, wenn ich sie von hinten nahm oder sie auf mir ritt und sie wurde von den Schlägen immer geiler, wollte immer härter geschlagen werden.

Immer mehr hatte ich das Gefühl, in einen Strudel hineingeraten zu sein, der mich mit Macht der Sogwirkung nach unten zerrte und mich panikartig mit den Armen rudern ließ, um dem Ertrinken zu entkommen. Jede Nacht vor einem anstehenden Date mit ihr schlief ich schlecht, hatte fast Angst davor, was mich als nächstes erwarten würde, bis hin, dass ich einmal davon träumte, dass sie mich aufforderte sie beim Sex zu töten, regelrecht mit einem großen Messer abzustechen, weil das ihre Geilheit einfach final steigern würde. Ich wachte fix und fertig auf. Es war fünf Uhr morgens, trotz Herbstregen zog ich mir Sportklamotten an und ging in der Morgendämmerung Joggen, bis der Regen mich total durchnässte und ich das Gefühl hatte, dass er mir all den Schmutz, die schrecklichen Gedanken und überhaupt die ganze Vivian-Sache aus dem Kopf und vom Körper gespült hatte.

—

Zwischenzeitig gab es auch ein paar Veränderungen in meinem Leben: Ich hatte mein Studium abgeschlossen, meine Diplomarbeit zusammengebastelt, einen Job bei einem bekannten Großunternehmen in der Großstadt angenommen und ja, zu Hause ausgezogen bin ich natürlich auch endlich, fand eine kleine Wohnung in der Großstadt sogar mit Parkplatz für mein Cabrio, das ich mir natürlich ebenfalls gegönnt hatte.

Ich war eigentlich rundum glücklich, trotz gewissen Drängens seitens des familiären Umfelds, dass jetzt ja nun endlich auch mal die Frau fürs Leben mit entsprechenden Kindern (genauer Enkelkindern) angemessen wäre. Ich musste die Familie noch irgendwie dahinbringen, dass es für mich wohl keine Frau fürs Leben und auch keine Kinder geben würde, weil ich glaubte, dass der Zug für mich bereits abgefahren sei..

Diese Veränderungen brachten es natürlich auch mit sich, dass ich meinen Schülerjob als Altstadtführer aufgab, zumal ich keinen Bock mehr hatte, regelmäßig in meine Heimatstadt zu fahren, die mir mittlerweile einfach zu eng geworden war. Nur den Escort-Job hatte ich als Nebenjob beibehalten. Ich mochte meinem Chef nicht sagen, dass Schluss ist mit allem, er nicht mehr weiß, wem er die Damen verlässlich an die Hand geben kann. Maurice hatte zwischenzeitig auch aufgehört und war ganz aus unserer Gegend weggezogen.

Ich betreute mittlerweile so im Schnitt zehn Damen, davon vielleicht fünf mehr oder minder regelmäßig, eine davon war Tine, damals noch Ehefrau eines Topmanagers, selbst ungewöhnlicherweise keine Businessfrau, sondern einfach nur gefrustete, gelangweilte Ehefrau, die zu uns in die Stadt kam, um angeblich ihre Mutter zu besuchen, was sie sicher auch tat, aber wohl zunehmend, weil sie unbedingt mit mir zusammen sein wollte. Ich weiß nicht, was sie zu Hause erzählt hat, nachdem die Mutter verstarb und sie immer noch zu uns in die Stadt fuhr. Vielleicht war das auch egal, weil sie sich dann irgendwann dazu durchrang, sich von ihrem Mann zu trennen und einen Weg zu finden, ihr schönes Leben dafür nicht aufgeben zu müssen.

———

Ich erhielt einen Anruf von einem alten Bekannten, nein eigentlich hatten wir keinen Kontakt mehr zueinander, wir hatten uns aus den Augen verloren, weil er zwei Bahnstunden entfernt in eine andere Großstadt gezogen war, um dort eine Ausbildung zu beginnen. Er war der Einzige in meinem Umfeld, der ebenfalls häufig wechselnde Beziehungen hatte, ein sportlicher Weiberheld, zumindest was seine Schilderungen, auch häufig sexueller Art mir gegenüber betrafen. Insofern haben sich da quasi zwei Gleichgesinnte getroffen. Er fragte mich, ob ich ihn nicht mal besuchen wollte, er hätte da ein kleines Problem, seine rattenscharfe Freundin will unbedingt mal einen Dreier erleben und er könne sich vorstellen, dass ich dafür geeignet wäre. Da auch ich auf meinem Erfahrungs- und Erkenntnistrip nicht abgeneigt war, auch sowas mal zu erleben, sagte ich ihm zu.

Ich setzte mich also in die Bahn und fuhr die zwei Stunden zu ihm. Abends dort angekommen, holte er mich vom Bahnhof ab. Er, als Oberliga-Tennisspieler, (das sind die, die anstehen, um mal in Boris Beckers Fußstapfen als Profi treten zu wollen), erschien im sauteuren Segeltuch-

Trainingsanzug voller Werbesticker, völlig durchgeschwitzt, vermutlich unmittelbar vom Training kommend. Schon im Bahnhof hatte ich nach kurzer Begrüßung Probleme ihm zu folgen, weil er enorm schnelle und große Schritte machte. In seinem alten Kombi heizte er durch die Straßen wie bei beim Formel-1-Rennen in Monte Carlo. Zack-Zack-links-rechts-links, die jeweils nächste Ampel immer bei dunkelgelb gerade noch so schaffend. Sein Reaktionsvermögen war durch das Tennisspielen um Lichtjahre schneller, als das aller anderen Verkehrsteilnehmer, deren Verhalten er stets antizipieren konnte, bevor die selbst wussten, was sie als nächstes machen: fahren, bremsen, abbiegen, was auch immer. Er strahlte ein Selbstbewusstsein aus, dass wohl nur neurotische Narzissten an den Tag legen können: Sein Fahrstil plus intensives Gequatsche über alte Zeiten, nebst Anekdoten vom Tennis, wie im Wutanfall Schläger zertrümmern und als Materialfehler vom Sponsor kostenlos erstattet zu bekommen, in Behandlung bei Beckers Arzt, „oh Mann, der hat meine Knochen wieder krachen lassen", ach ja, und die scheiß Luxusuhr am Handgelenk taugt gar nichts auf dem Platz, weil man wegen der vielen Brillianten auf dem Ziffernblatt durch die einfallende Sonne absolut keine Zeit ablesen könne, und so weiter und so fort.

Wir waren noch gar nicht angekommen und es ging mir jetzt schon alles auf den Geist und schlecht von der Fahrerei war mir obendrein. Ich war als Kind zuletzt hier und ich versuchte mich an früher zu erinnern, in dieser Stadt, die keine Straßennamen kennt, sondern wie eine US-Stadt schachbrettartig angelegt ist, wo ich als Ortsfremder immer wissen muss, in welchem Planquadrat mein Ziel liegt.

Er parkte am Quadrat E7 und wir gingen in einen rotgeklinkerten Wohnneubau und fuhren mit dem Fahrstuhl einige Etagen hinauf. Eine Wohnungstür auf der nicht sein Name stand, schloss er auf und wir traten in eine große, etwas chaotisch aussehende Wohnung, na ja, in meiner siehts auch nicht besser aus. Aus einer Ecke kam ein Mädchen, dass deutlich jünger als wir wirkte, ebenfalls durchgeschwitzt im Trainingsanzug. Sie müssen also vermutlich beide unmittelbar zuvor schon ein paar Nummern geschoben haben und nun soll es wohl zu Dritt so weitergehen.

Er stellte sie mir als ‚Sami' vor. Oh Mann dachte ich, es gab wohl offenbar Menschen, die ihre Tochter in den 80ern tatsächlich nach Samantha Fox benannt haben.

Ich wechselte mit ihr ein paar Freundlichkeiten und hatte absolut nicht den Eindruck, dass sie rattenscharf war, sondern eher sensibel und zurückhaltend, fast ängstlich wirkte.

Während er von hinten an sie herantrat, zog er sich dabei den Trainingsanzug aus, unter dem er nichts anhatte. Er legte seine Hände um ihre Taille, begann sie am Hals zu küssen und zog ihr dabei ebenfalls den Trainingsanzug aus. Auch sie war völlig nackt darunter. Ich setzte mich auf die Couch und sah den beiden zu. Sie blickte unsicher und etwas peinlich berührt zu mir herüber, schien aber langsam aber sicher aufzutauen, lächelte, ließ es mit sich geschehen ihre Blicke auf meine gewölbte Hose suggerierten mir, ich soll mich ausziehen. Ich knöpfte mein Hemd auf, zog mir das T-Shirt über den Kopf, dann die Jeans herunter und die Socken aus. Unwillkürlich ging ich zu den beiden hinüber, nahm ihre Brüste in die Hände und führte sie zu meinem Mund. Er war zwischenzeitig schon mit seinem Kopf von hinten zwischen ihren Arschbacken. Sie griff mir in die Unterhose und holte meinen Schwanz heraus, den sie anfing zu wichsen. Es schien sie tatsächlich zu erregen, denn sie fing an zu stöhnen und begann uns vulgäre Kommandos zu geben, was wir mit ihr anstellen sollen. Ich setzte mich auf den Couchtisch und zog meine Unterhose aus, dann kam sie schon zu mir herunter, ließ mich auf dem Tisch niederlegen und setzte sich auf meinen Schwanz, den sie sich mit der Hand selbst einführte und begann mich zu ficken. Was war das für eine Wandlung! Das augenscheinlich zarte, sensible Ding, entpuppte sich als hemmungsloses Luder, dass innerhalb weniger Minuten mit einem bis dahin wildfremden Mann am ficken war.

Ich spürte, wie er offenbar von hinten anal in sie eindrang und zu ficken begann. Während die beiden voll bei der Sache waren, konnte ich nicht viel mehr machen, als es mit mir geschehen zu lassen, ich hatte mich bereits insoweit gut im Griff, dass ich mich nicht einfach von meiner eigenen Geilheit überwältigen lasse, auch fühlte ich mich irgendwie an meine Pornos erinnert.

Sie und auch ich versuchten unserseits uns seinem Fickrhythmus anzupassen und die beiden stöhnten unkontrolliert herum. Irgendwann spritze er in ihrem Arschloch ab, glitt aus ihr heraus und ließ sich aufs Sofa gleiten. Auch sie erhob sich, sah, dass ich nicht abgespritzt hatte und begann meinen Schwanz zu wichsen und zu blasen. Ich ließ meinen Saft einfach herausschießen und besudelte ihren Mund, Kinn und Hals, was sie aber routiniert wie sie war, augenscheinlich genussvoll mit ihrer Zunge über den eigenen Mund leckend aufnahm.

Das wars. Sie ging ins Bad, ich zog mich wieder an, mein Kumpel schlüpfte auch wieder in seinen Trainingsanzug, diesmal mit Tennisklamotten darunter, er sei noch zum Trainingsspiel verabredet, dann verabschiedeten wir uns beide von ihr und verließen die Wohnung.

Während er mich wieder zum Bahnhof fuhr, diesmal deutlich langsamer und entspannter, prahlte er mir die Ohren voll, was sie für eine geile Schlampe sei, die zu allen Sauereien bereit ist. Auf meine Frage, ob er sie denn auch mal zum Orgasmus gebracht hätte, behauptete er, sie würde immer einen haben, weil sie laut herumstöhnt und vulgäres Zeugs quatscht.

Das Erlebnis ließ mich ein wenig ratlos zurück und ich konnte halbschlafend auf der Bahnrückfahrt irgendwie nicht damit klarkommen, dass es Männer gibt, die Frauen einfach ohne Sinn und Verstand vögeln aber offenbar auch Frauen, die keine Prostituierten oder Pornodarstellerinnen sind, sondern ganz normale Frauen, die diesen Scheiß einfach über sich ergehen lassen, ihren Partner sogar darin bestärken und offenbar nicht schnallen, dass sie bei all dem nur benutzt werden, ohne selbst wirkliche sexuelle Befriedigung zu erlangen.

Die Psyche der Frauen, die ich meinte bis dahin einigermaßen zu kennen, wird mir wohl ein immerwährendes Rätsel bleiben.

———

Mittlerweile hat der technische Fortschritt dergestalt Einzug gehalten, dass ich meine Kontakte direkt mit den Frauen übers Handy gesteuert habe. So erhielt ich eine SMS von Vivian, dass sie dann und dann wieder in der Stadt sei und wann wir uns sehen können. Bei ihr war es immer klar, dass ich quasi den ganzen Tag für sie zur

Verfügung stehen musste, erst als Chauffeur, dann als Unterhalter und am Ende des Tages als Lover. Nur hieß das jetzt, ich musste bei meinem Hauptjob einen Urlaubstag einreichen.

Wir verbrachten einen schönen Sommertag miteinander, teilweise ich allerdings allein, weil sie geschäftlich zu tun hatte, abends waren wir im Theater, Molière, was sonst, und anschließend wollte sie unbedingt mit mir noch zu Fuß gehen, obwohl der Wagen in der Nähe stand.

Relativ zielstrebig ging sie Richtung Stadtpark, bei dem gemeinhin bekannt ist, ihn abends bei Dunkelheit eher nicht mehr zu betreten, da Gerüchte um Verbrecher oder andere Irre oder Vergewaltiger immer mal wieder die Runde machen. Aber ich ahnte natürlich, was sie da will.

Der Park ist spärlich beleuchtet, wenige Leute gehen eher zügig hindurch, ein paar Jogger, sonst ist es ruhig, nur das Dauerbrummen des Autoverkehrs rund um den Park herum ist zu hören. Zielstrebig geht sie auf den Bereich einer Lichtung zu, auf der die Stadt moderne Parkbänke mit einer geschwungenen Sitzfläche ohne Armlehnen aufgestellt hat.

Ich wunderte mich schon im Theater, wieso sie heute eine etwas überdimensionierte Handtasche trug, aus der sie nun eine kleine Wolldecke herauszog und über die Bank legte. Wir setzten uns, begannen uns zu küssen und angesteckt von ihrer Leidenschaft zerrten wir uns die Klamotten vom Leib. Während sie meinen Schwanz bliess, schaute ich in den Abendhimmel der Großstadt und beobachtete das Leuchten unzähliger Lichtquellen. Ich fickte sie vaginal im Sitzen und dann stand sie auf und öffnete erneut ihre Handtasche. Ich zitterte vor innerlicher Anspannung, was sie wohl jetzt als nächste

Steigerungsstufe ihrer sexuellen Gier auspacken würde. Wegen des schummrigen Lichtes konnte ich es nicht richtig erkennen, ich sah eigentlich nur einen kurzen Stab, den sie in die Hand nahm, sich auf die Bank kniete und mir Ihren Arsch entgegenstreckte. Eine Tube Gleitgel griff sie auch geschickt aus der Tasche, die da wohlplatziert drin streckte und sie mir durch nach hinten Strecken der Hand in meine Hand übergab. Ich massierte, küsste und leckte ihren Arsch, dann spritzte ich etwas Gleitgel auf ihren Anus und massiere ihr Arschloch, stecke erst einen, dann zwei Finger hinein und gleite vorsichtig rein und raus. Das ging ihr alles schon viel zu langsam und sie nahm ihre Hände zurück, um ihre Arschbacken weiter auseinanderzuziehen, das Zeichen, jetzt endlich meinen Schwanz in ihren Arsch einzuführen. Vorsichtig begann ich sie zu ficken und sie stöhnte und schrie gedämpft, ich solle sie schlagen. Ich nahm meine rechte Hand von ihrem Arsch und begann sie zu schlagen, dann die andere, um die andere Arschbacke zu schlagen. Dann merkte ich, wie sie diesen vermeintlichen Stab, den sie bis dato vor ihrem Körper liegen hatte, in die Hand nahm und ihn mir nach hinten reichte.

„Komm cheri, schlag mich, schlag mich auf den Rücken"!, forderte sie mich in einem gedämpften Schreien auf. Es war eine Peitsche, eine sogenannte 9-schwänzige Katze. Ich war total geschockt und führte meine Fickbewegungen wie in Trance weiter aus, unfähig, ihrem Wunsch, von mir ausgepeitscht zu werden, nachzugeben. Ein innerer Film lief in mir ab, ich blickte auf die Lichter der Großstadt über den Bäumen und wollte davonfliegen. Jetzt offenbarte sich mir auch, wieso ihr Rücken nicht so sanft und herrlich weich war, wie bei allen anderen Frauen, mit denen ich jemals Sex hatte, sondern voller Schwielen und Furchen. Der Grund dafür war mir schon länger klar, ich hatte ihn nur stets immer verdrängt.

Scheiße, was mach ich jetzt? Zieh ich jetzt einfach meinen Schwanz aus ihr raus und hau ab? Nein, so darf das mit ihr auch nicht enden, aber es muss enden! Jetzt ist definitiv Schluss!

Fast zum Glück rasten plötzlich zwei Radfahrer ganz nah an uns vorbei, die sich laut unterhielten, mir egal, ob sie uns gesehen haben, aber diese kurze Unterbrechung diente mir als Entschuldigung, nicht unmittelbar mit dem Auspeitschen begonnen zu haben.

Dann riss ich mich zusammen und schwang die Peitsche leicht auf ihren Rücken. Oh Mann, das scheiß Ding klatscht schon bei leichten Schlägen und verursacht ihr offenbar Schmerzen, dass sie zusammenzuckt, aber ihre Reaktion zeigt mir, dass sie mehr Schläge haben zu wollen scheint und auch härtere. Ich peitschte sie weiter, sie fing an unkontrolliert zu schreien, ob vor Lust oder vor Schmerzen, keine Ahnung. Dann schien sie irgendwie zu kommen und auf der Bank zusammenzusacken, wobei mein Schwanz aus ihr herausglitt. Ich ließ die scheiß Peitsche zu Boden fallen, richtete mich auf, setzte mich hin und lehnte mich zurück. Mir ist es nicht gekommen. Ich stehe quasi unter Schock. und halte die Augen geschlossen. Ich merke plötzlich ihre Hand an meinem Schwanz. „Oh cheri", sagt sie mit einem mitleidigen Lächeln, wichst meinen Schwanz, saugt ein wenig und dann lasse ich meinen Saft in die dunkle Stadtparknacht spritzen.

Als ich in der Tiefgarage des Hotels einparke und den Motor abschalte, bleibe ich sitzen, mache keine Anstalten auszusteigen. Die ganze Zeit über überlege ich, wie ich meinen Entschluss, mein Verhältnis mit ihr zu beenden jetzt umsetzen kann, ohne sie völlig vor den Kopf zu stoßen.

Natürlich hat sie instinktiv nicht nur heute Abend, sondern vielleicht schon länger damit gerechnet, dass unsere Beziehung sich dem Ende neigt. Trotzdem sagt sie: „Cheri, du musst nochmal mit hochkommen, meinen Rücken eincremen". Sie saß schon die ganze Zeit aufrecht im Autositz, um möglichst die Rückenlehne nicht zu berühren.

„Klar", sag ich, ziehe den Schlüssel ab, öffne die Tür und steige aus, mit einem gewissen Mut, dass ihre Aussage klar machte, dass auch aus ihrer Sicht Schluss ist. Ich ging ums Auto, öffnete die Beifahrertür und half ihr auszusteigen. Oben ging sie direkt ins Bad und zog sich die Bluse über den Kopf. Ich konnte mein Erschrecken über den Anblick ihres Rückens kaum verbergen, was sie meinem Gesicht durch Blick in den Spiegel ablesen konnte. „In zwei Tagen ist alles wieder in Ordnung, nicht so schlimm", meinte sie und gab mir eine Tube Heilsalbe in die Hand. Vorsichtig cremte ich die verwundeten Stellen ein, insbesondere die, auf denen die Haut aufgeplatzt und blutig war, ließ sie dabei zusammenzucken. Ich fühlte mich so schlecht, wie selten, halb im Sinne, wie völlig dummerweise mein eigenes Spielzeug kaputt gemacht zu haben, halb aus Scham, eine Frau so verletzt zu haben.

Ich sagte kein Wort dabei. Als ich fertig war, wusch ich mir die Hände mit Seife, während sie sich vorsichtig ein weites baumwollenes T-Shirt überzog.

Wir verließen das Bad und sie wendete sich mir zu, legte ihre Hände um meinen Hals und gab mir einen Kuss: „au revoir cheri, es war schön mit Dir".

Mit einem leichten Kloß im Hals sagte ich etwas steif „Leb wohl Vivian". Sie löste ihre Hände, ich drehte mich um, ging aus dem Zimmer und zog die Tür ins Schloss.

Sie hat sich nie wieder bei mir gemeldet.

—

Gleich am nächsten Tag fuhr ich ins Büro des Escort-Service und klopfte beim Chef an die Tür. Er winkte mich rein. Ich sagte ihm, dass ich den Job zum nächsten Ersten bei ihm beenden möchte und sagte ihm, dass ich meinen Gewerbeschein bereits hätte löschen lassen. Ich quatschte ihm was vor, wie keine Zeit mehr, hab ne feste Freundin und anderen Blödsinn, aber er unterbrach mich mit einer Handbewegung, die signalisierte: Ist schon okay, alles kein Problem, ich wusste immer , dass der Zeitpunkt irgendwann kommt. Kurz, er nahm es sehr gelassen, freundlich und offen, wie er eigentlich immer war und verabschiedete sich mit seinem bekannten Klapps auf die Schulter bei mir: „Wenn Du mal wieder 'ne Abwechslung brauchst, na Du weißt schon, Du hast ja unsere Nummer".

Das ich weiterhin zu einigen Damen Kontakt hatte und mich auch weiter mit ihnen traf, musste er ja nicht wissen.

11

EIS $\eta \approx 8{,}872$

Wir lagen eine ganze Zeit lang im Bett, welches feucht von unseren Säften war. Mein Schwanz schmerzte mir von den häufigen Erektionen, den Behandlungen durch ihren Mund, Zunge und Zähnen, den Reibungen in ihrer Vagina und Anus. Ich reckte mich hoch und setzte mich auf die Bettkante, suchte nach dem Glas mit den Eiswürfeln, die mittlerweile ziemlich geschmolzen waren. Daher erhob ich mich, nahm das Glas und ging nochmal rüber in die Küche.

Das Glas über der Spüle auskippend, hielt ich es anschließend wieder unter den Eiswürfelspender des Kühlschrankes und ließ es erst halb mit Eisbrocken, danach mit Wasser auffüllen. Dann hielt ich es vorsichtig vor meinem Schwanz und versuchte dessen Spitze in das eiskalte Gemisch einzutauchen. Ich verzog vermutlich ziemlich das Gesicht wegen des Kälteschocks aber noch mehr angesichts einiger wunder Stellen an der äußeren Kante der Eichel und der Vorhaut. Ich hoffte, dass Tine jetzt genug hat, mein Schwanz ist zumindest für heute erledigt.

Als ich ins Schlafzimmer zurückkam, hatte Tine ihre Liegeposition verändert. Sie lag der Länge nach auf dem Bauch genau an der rechten Kante des Bettes, einer der wenigen Bereiche die bisher trocken geblieben waren, drehte den Kopf leicht und lächelte mich an.

Ich kniete neben ihr auf dem Boden, setzte das Glas auf dem Nachttisch ab und küsste sie auf die Wange: „Na, wieder zum Leben erweckt?" fragte ich. „Ich ja und wie siehts mir Dir aus?" fragte sie mit Blick auf meinen schlaffen Schwanz, über den sie leicht mit ihrer rechten Hand hinwegstrich. „Geht so", antworte ich, „aber Du hast glaub ich immer noch nicht genug". Sie machte wieder ihren typischen Schmollmund und meinte: „Vielleicht kannst Du mich noch ein wenig anders verwöhnen", wobei sie wieder nach meinem Schwanz griff und ihn etwas in die Länge zog und ihn dann losließ. „Ich glaube, der ist nicht mehr einsatzfähig", sagte ich. „Gut, dass ich noch einen anderen habe", meinte sie und dreht dabei ihren Blick in Richtung des Nachttisches, auf dem unter anderem ein etwas überdimensionaler Gummipenis lag.

Sie drehte den Kopf gerade und drückte ihr Gesicht gegen die Matratze, dabei streckte sie ihren Körper durch, sodass ihre Wirbelsäule jetzt die typische s-förmige Kurve, von der gehobenen Schulterpartie, der tiefen Senke oberhalb ihres Hüftbereiches und des ebenfalls hochgewölbten prallen, runden Pos bildete. Diese Position behielt sie durch Unterstützung ihrer Arme in Schmetterlingshaltung, mit Handflächen zur Matratze, stabilisierend hochdrückend bei. Denn angesichts meines

Glases mit den Eiswürfeln, machte sie mir damit deutlich, was sie jetzt von mir wollte.

Ich griff mit meiner rechten Hand in das Glas, nahm einen Eisbrocken heraus und führte die Hand auf Höhe ihres Halses. Etwas kaltes Wasser tropfte auf ihren Körper, dann drückte ich den Eisbrocken in meiner warmen Faust und eiskalte Wassertropfen kleksten ihr auf die Haut und liefen die Wirbelsäule hinunter bis in die Mulde oberhalb ihrer Hüfte. Während ich die kalten Tropfen weiter aus meiner Faust laufen ließ, küsste und leckte ich sie die Wirbelsäule hinunter bis zu der Mulde, in der sich bereits eine kleine Pfütze gebildet hatte. Ich saugte das kalte Wasser in meinen Mund, glitt mit meinen Lippen weiter hoch, die Wölbung ihres Arsches hinauf und öffnete am höchsten Punkt den Mund, sodass das Wasser in ihre Arschspalte am Anus und der Muschi hinunterlief. Während der ganzen Prozedur stöhnte sie leicht auf und schien es zu genießen, dann schob sie einen ihrer Arme nach hinten, um meinen Kopf stärker auf ihren Körper zu drücken, signalisierend, ich solle mit meinem Mund tiefer in ihre Arschspalte hineingehen. Ich steckte den mittlerweile stark abgeschmolzenen Eisbrocken aus meiner Hand in den Mund und hielt ihn mit meinen Lippen etwas fest, dass er wie ein kleiner Dorn aus meinem Mund herausstach, dann glitt ich mit meinem Mund aus der Mulde, den Arsch hinauf und ließ dabei den eiskalten Eisbrocken auf ihrer Haut langgleiten. Am höchsten Punkt des Arsches angekommen, nahm ich meine Hände zur Hilfe, ihre Backen auseinanderzuziehen, dabei winkelte sie das linke Bein an und ließ das rechte zu Boden gleiten. Jetzt konnte ich mit meinem Mund ihren Anus hinuntergleiten und den Eisbrocken bis zu ihrer Vagina führen. Sie stöhnte und schrie fast wieder auf, dabei drehte sie sich um: „Was bist Du doch für eine geile Sau" ! Diesmal machte ich den Schmollmund, mit den Rest des Eisbrockens zwischen den Lippen, den ich, sie dabei anschauend, einsog und herunterschluckte.

Auf dem Nachttisch lag ein kleiner Womanizer, dessen Gummisaugnapf ich in den Mund nahm und ihn mit Speichel befeuchtete, dann schaltete ich ihn auf niedrigster Stufe ein und setzte ihn an ihrem Bauchnabel an. Ein leichtes Kitzelgefühl, ließ sie etwas zusammenzucken und ich führte ihn in Richtung ihrer Muschi. Ich ging tiefer durch ihren Busch während sie ihr linkes Bein zu Boden setzte und das rechte stark nach außen anwinkelte. Schon war ich mit dem Ding auf dem Kitzler und sie nahm es mir aus der Hand, weiter ihren Kitzler damit massierend. Nun griff ich mir den großen Gummipenis. Er war deutlich größer als meiner in seiner prächtigsten Form und erinnerte mich eher an den Schwanz eines Hengstes als eines Mannes. Die Geltube, die immer noch am Boden lag, griff ich auf und zog eine Gelspur auf dem Dildo von der Spitze bis zum Schaft. Dann nahm ich meine rechte Hand und verteilte das Gel auf dem Plastikschwanz indem ich ihn quasi von oben nach unten wichste. Der Anblick dessen plus dem surrenden Womanizer auf ihrem Kitzler ließ sie keuchen. Dann setzte ich die Penisspitze des Dildos auf ihrer Vagina an, musste beide Hände zur Hilfe nehmen, ihn richtig zu platzieren und drang mit der dicken Peniseichel langsam in sie ein. Dabei schrie sie auf und drehte den Schalter am Womanizer höher. Nach wie vor mit beiden Händen haltend, führte ich durch leichte Fickbewegungen den Dildo immer tiefer in sie ein. Sie schrie immer ekstatischer und hob ihr Becken an, als Zeichen, ich solle weiter mit dem Ding in sie reingehen. Ihre Vagina schien das kinderarmdicke Ding ohne

Probleme in sich aufnehmen zu können, sodass ich irgendwann über 30 cm mit dem Ding in ihr drin war. Jetzt versuchte ich sie mit dem Dildo regelrecht zu rammeln, indem ich kurze, scharfe Stöße in ihren Körper ausführte. Sie schrie und zuckte und dann spritzte sie tatsächlich für heute Abend zum dritten Mal, allerdings ohne Saft-Fontäne, nur bemerkbar durch ihre klatschnasse Muschi und den Womanizer, den sie völlig erschöpft zu Boden fallen ließ. Ich zog den Dildo aus ihr heraus, legte ihn auf Boden und nahm den Womanizer kurz auf, um ihn auszuschalten, küsste sie sanft auf den Mund und strich ihr über die Muschi, griff ihr angewinkeltes Bein, um es wieder in die Länge zu strecken und damit die wahnsinnig geweitete Vagina etwas zu schließen.

Jetzt merkte ich, dass es auch ihr endlich für heute reichte, denn sie lag einfach mit geschlossenen Augen völlig k.o. auf der Bettkante. Ich stand auf und ging aus dem Schlafzimmer. In der Küche wusch ich mir die schmierigen Hände, ging dann in den Wohnbereich, um meine Hose und Hemd zu suchen. Hinterm Sofa liegend nahm ich sie auf und zog sie mir an. Kurz darauf kam auch sie aus dem Schlafzimmer und hatte sich ein schwarzes Spitzennachthemd angezogen. Ich muss gestehen, dass sie sehr zum Anbeißen darin aussah. Wenn wir nicht gerade zwei Stunden gevögelt hätten…

Ich nahm sie in den Arm, küsste sie auf die Wange und verabschiedete mich mit einem Filmspruch, den, wir uns zum Abschied angewöhnt: hatten: „Ich seh Dich, wenn ich Dich seh?"

„Ich seh Dich, wenn ich Dich seh", antwortete sie mit erst ernstem, dann lächelndem Gesicht.

Ich schlüpfte in meine Slippers, die an der Terrassentür standen und ging den exakten Weg wieder zurück, den ich gekommen war: Über die Terrasse, den Garten, den Hinterausgang des Grundstücks, den Fußweg, in die nächste Wohnstraße, wo mein Auto stand.

Glücklicherweise leuchteten die Scheinwerfer und Innenbeleuchtung des Wagens auf, als ich in dessen Nähe war, denn die Dunkelheit und eine nicht nur körperliche, sondern auch geistige Ermattung führten zu einer gewissen Orientierungslosigkeit. Ich drückte auf mein Lieblingsspielzeug, die Fernbedienung, und der Motor startete bereits, bevor ich den Wagen erreichte und der aufbrummende Sechszylinder verschaffte mir mal wieder eine gewisse Vorfreude auf einen entspannten Ritt mit meinem Pony über die nächtlichen Landstraßen zurück nach Hause.

Den Wagen zu Hause einparkend, schleppte ich mich dann zum Hauseingang, als hätte ich schwere Einkaufssäcke oder Getränkekisten zu tragen und nahm den Aufzug in den dritten Stock, den ich normalerweise nie benutze.

Als ich die Wohnungstür öffnete, strömte mir ein unangenehmer, miefiger Geruch entgegen, was mir nur auffiel, weil ich vermutlich gerade aus einem sauberen, wohlriechenden Wohnumfeld kam, in dem sicher regelmäßig gelüftet, geputzt, Staub gesaugt und, ja, jetzt fiel es besonders auf, aufgeräumt wird.

Das Licht im Flur und der Blick in die Zimmer macht es deutlich: Überall liegen Dinge umher, Wäsche, saubere und viel schmutzige, Gläser und Geschirr, auf dem Küchen- und auch dem Wohnzimmertisch dazu die Reste früherer Fertigessen, Aluverpackungen, Pizzakartons.

Ah, scheiße, denke ich, schalte das Licht im Schlafzimmer ein, was, ach ja, seit Monaten nicht mehr funktionierte, dann löschte ich das Licht im Flur, stolperte in Richtung meines Bettes und ließ mich hineinfallen. Ich schob mir noch die Schuhe von den Füßen und schlief dann quasi sofort ein.

———

In der letzten Zeit stellte sich bei mir nach einem solchen Date, wie heute mit Tine, neben der totalen körperlichen Ermattung eine Phase ein, die ich rückbetrachtend vielleicht als Vorstufe zu einer Depression bezeichnen würde. Während ich früher stets stolz war, eine Frau so vollumfänglich befriedigt zu haben, wie sie offenbar von keinem anderen befriedigt wird, fiel ich jetzt immer in eine Leere, die mich noch tagelang regelrecht verfolgte. Irgendwie trat ein Gefühl in den Vordergrund, wonach das Hochgefühl des Super-Lovers unmittelbar von dem des sozialen Totalversagers abgelöst wurde. Ich hatte nie wirkliche Freunde, nur ein paar Bekannte und vor allem: Ich hatte es nie geschafft, trotz offenbarer Topleistungen im Bett, eine Frau für eine Dauerbeziehung zu finden. Während mich kurze Affären früher nie gestört hatten, im Gegenteil, ich liebte die Abwechselung, lernte viel über weibliche Körperlichkeit und auch Psyche und am Schluss war ich immer froh, wieder allein in meiner kleinen Wohnung zu sein, ohne dass mir jemand Vorschriften machte, was ich zu tun und zu lassen hätte.

Mit zunehmendem Alter trat da aber eine Veränderung ein, durch die ich durch kleine Erlebnisse immer wieder erinnert wurde und die mich zunehmend quälten und mir das Leben schwermachten.

Wenn sich eine Freundin von mir trennen wollte, und es war in den letzten Jahren eigentlich immer die Frau, die sich von mir trennen wollte, nicht andersherum, dann schickten die Meisten immer eine SMS oder jetzt eine Whatsapp. Sie schrieben kurz, es ginge so nicht mehr, sie halten es nicht mehr aus oder am schlimmsten, sie schrieben nicht, es sei Schluss, sondern sie bräuchten mal eine Auszeit, eine Beziehungspause, was natürlich nichts anderes war, als der tatsächliche Wunsch nach Beendigung der Beziehung, mich aber, trotz einer gewissen Normalität, dass dieser Punkt und diese Form der Beendigung regelmäßig immer kommt, zunehmend frustrierte und psychisch fertigmachte. Ich stellte sogar fest, dass ich in einigen Fällen von Liebeskummer befallen war, der mich wochenlang quälte. Das war etwas, was ich im ganzen Leben zuvor nicht kannte.

Unmittelbar nach Dates der Tine-Art schlief ich zunehmend schlecht und träumte wirres Zeug. Allem voran, vom Ende meiner letzten Beziehung, das ausnahmsweise mal etwas anders war, als sonst. Sie hängte sich nämlich ans Telefon und rief mich an, weil es ihr trotzdem ein Anliegen war, mich über die Gründe der Beendigung zu informieren, mir also quasi für mein weiteres Leben etwas mitgeben wollte. Sie war mit Dreißig, alleinerziehend mit einem Kind, ohnehin erstmals ein anderer Typ Frau, als ich sonst so an Land zog. Sexuell erfahrener, routinierter in Beziehungen und aufgrund der Situation als Mutter mit der Verantwortung nicht nur für sich selbst, hatte sie ein ganz anderes Standing, als die hübschen oder aufgehübschten Püppies, die einfach nur stolz sind, von einem gutaussehenden Mann abgeschleppt zu werden, um ihn prahlend ihren Freundinnen oder später der Familie vorstellen zu können.

Sie erzählte mir an Telefon, dass ich der mit weitem Abstand beste Lover gewesen sei, den sie je im Bett hatte und sie wisse gar nicht, was in dieser Hinsicht noch nach mir kommen sollte, aber, und jetzt kommts, sie hätte bei mir das Gefühl, dass sie mit mir eher einen zweiten Sohn, als einen Mann an ihrer Seite hätte.

Ich war von dieser Aussage wie erschlagen, sagte nicht mehr viel und wir beendeten das Telefonat mit gegenseitigen besten Wünschen für die Zukunft.

Immer wieder quälte mich diese Aussage: ‚eher zweiter Sohn als Mann', und zermarterte mir das Gehirn. Sie hat einen vielleicht fünfjährigen netten kleinen Jungen und ich wirke auf sie wie dieser Knirps?

Je öfter ich mich damit quälte, desto weniger war ich im Kopf in der Lage, einen Ausweg aus der Situation zu finden.

—

Ich war abends Joggen am Fluss, also der Meile, auf der sich fast alle Jogger der Stadt rumtreiben. Und so begegnete mir ein alter Kommilitone aus Unizeiten. Er hatte damals das BWL-Studium geschmissen, ich glaub um Psychologie zu studieren. Wir hielten kurz an, um zu quatschen.

„Und, hast Du Deinen Abschluss schon gemacht?" fragte ich, wohlwissend, dass sein Studiengang einige Semester länger dauert als meiner.

„Ja, ich bin fertig, bin jetzt Diplom-Psychologe"

„Aha, Glückwunsch, und was macht man als Solcher?"

„Ich hab 'ne Praxis übernommen und hab mich auf Suchtkranke spezialisiert"

„Oh weia, Kokser und Alkies?"

„Ja, aber bereits therapierte, ich begleite sie zurück ins Leben, aber sonst hab ich eher andere Fälle"

„Und was sind das so für Fälle?"

Eigentlich war ihm das Gespräch schon zu weit gegangen und ich merkte, wie er etwas zurückrudern wollte, aber er erkannte wohl, dass es dafür jetzt zu spät war, denn er sagte:

„Spielsüchtige und Sexsüchtige zum Beispiel"

Jetzt hatte es mich echt gepackt.

„Sexsüchtige?"

Es blieb ihm nichts anderes übrig, als mir eine Erklärung zu liefern, was ihm aber überhaupt nicht passte, daher sagte er in fast ärgerlichem Ton:

„Männer, die die Hand von ihrem Schwanz nicht mehr lösen können und andere, bei denen vor lauter Sex das restliche Leben den Bach runtergegangen ist".

„Ah", sage ich nur.

Wir winkten uns nur kurz zu, vielleicht sehen wir uns mal wieder, wohl eher nicht, denke ich und laufe wie in

Trance meine Strecke weiter, er in entgegengesetzter Richtung.

Ich komme ins straucheln, höre auf zu laufen, um mich durch gehen wieder etwas zu besinnen. Dabei habe ich fast das Gefühl, mich übergeben zu müssen, so hatte mich seine Aussage: ‚vor lauter Sex das Leben den Bach runter‘ geschockt.

In der ersten Zeit danach war ich überzeugt, krank zu sein, ein Fall für die Therapie-Couch. Da ich natürlich nicht zu meinem Ex-Kommilitonen in Behandlung wollte und ich nicht wusste, wie und ob ich mich wirklich in Therapie begeben sollte, relativierte sich meine Selbsteinschätzung etwas und es kam eher ein Trotzverhalten auf, im Sinne ‚Du bist doch kein Psycho ! Reiß dich zusammen, das schaffst Du selbst‘ !

Aber wie der Weg zum Super-Lover, sollte der Weg zum normalen Mann noch ein längerer werden.

12

WASSER $\eta \approx 0{,}724$

Meine Nachbarn im dritten Stock haben die größere Wohnung neben mir: ein junges Pärchen mit kleinem Kind. Sie ist eine hübsche Brünette und so war es natürlich klar, dass wir uns irgendwann kennenlernten, uns mit Vornamen vorstellten und wenn wir zufällig im Treppenhaus ins Gespräch kamen, muss ich immer aufpassen, nicht mit ihr das Flirten anzufangen, denn wie so oft haben Frauen eine gewisse Neigung dazu bei mir, worauf ich normalerweise immer eingehe, denn in dieser Hinsicht lasse ich nichts anbrennen, in diesem Fall will ich es aber wegen der räumlichen Nähe unbedingt vermeiden.

Als sie neulich mit Kind, Einkaufstaschen und Kinderwagen im Erdgeschoss vor dem Fahrstuhl stand und feststellte, dass sie das alles nicht in den engen 60er Jahre-Fahrstuhl hineinbekommt, trat ich zufällig gleichzeitig ins Treppenhaus. Ich ließ sie mit Kind und

Taschen hochfahren, griff den Kinderwagen und lief die Treppe hoch und stellte ihn vor ihrer Wohnungstür ab, bevor sich die Fahrstuhltür öffnete und sie mit Kind und Kegel heraustrat. Die Überraschung war groß und sie bedankte sich überschwänglich, wollte mich auf einen Kaffee einladen, was ich aber mit angeblichen Zeitproblemen dankend ablehnte. Keinesfalls wollte ich bei denen am Küchentisch sitzen und der Mann kommt nach Hause, während wir da am herumflirten sind.

Aber ich muss gestehen, dass ich neidisch auf ihn war, so eine super sympathische Frau zu haben, ein kleines quirligen Kind und offenbar eine nette, helle Wohnung, durch deren offene Tür ich die Sonne auf den Balkon scheinen sah.

Ein anderes Mal kam ich fast gleichzeitig mit ihm nach Hause. Beide parkten wir unsere Autos vor dem Haus, ich meinen Mustang, er seinen französischen Familien-Kastenwagen, das Kind lief aus der Sandkiste ihm freudig entgegen, die Frau ebenfalls erfreut dass er zuhause war, nahmen sich in den Arm und küssten sich.

Ich stiefelte die Treppe hoch und ging in meine Höhle.

Ich weiß nicht, was sich die Architekten damals beim Bau dieser Nachkriegshäuser so gedacht haben, eines auf jeden Fall nicht: Mein und deren Schlafzimmer lagen direkt nebeneinander, gleichzeitig konnte man in dem Haus ohnehin das Leben der Nachbarn, egal ob oben, unten, links oder rechts mitverfolgen, auch ohne besonders horchen zu wollen. Ich hab häufiger mal die Musik einfach lauter gedreht, wenn mir der Krach von Nachbarn auf den Keks ging. Beim Schlafen geht das allerdings nicht und so wusste ich nach einer gewissen Zeit über das Liebensleben meiner Nachbarin mehr oder minder Bescheid. Durch das schlagen des Bettgestells auf dem Fußboden wach werdend, höre ich, wie er sie kurz aber heftig vögelt, was sie vor Anstrengung aber ohne wirkliche Lust keuchen lässt, während er von einem Keuchen der Anstrengung zu einem lauten Stöhnen vor Lust übergeht und sie offenbar veranlasst, ihm ihre Hand auf den Mund zu drücken, damit das Kind nicht wach wird oder Nachbarn mithören können. Dann spritzt er ab und alles ist vorbei. Das ist es: Alle zwei Wochen, maximal 10 Minuten.

Danach schwer wieder einschlafend träume ich manchmal davon, sie mal so richtig zu verwöhnen und in das Himmelreich des weiblichen Orgasmus zu führen und denke bei mir, dass sie das vielleicht nie erleben wird. Und den Gedanken weiterspinnend gewinne ich den Eindruck, dass sie es vielleicht nicht vermisst, weil sie es gar nicht kennt, sie mit dem Sex so wie er ist vollkommen zufrieden ist und andere Dinge im Leben vielleicht viel wichtiger sind.

—

Ich werde durch mehrfaches Klingeln an meiner Wohnungstür wach. Scheiße, es ist Sonntag, das dunkle Rollo öffne ich quasi nie, der digitale Wecker ist seit dem Stromausfall im Schlafzimmer aus, so heb ich mich aus dem Bett und blicke durch den Türspion. Ach ja, mein Vater steht da mit seiner Werkzeugkiste in der Hand. Er hatte mir ja versprochen, nach dem Sonntagsgottesdienst noch vorbeizukommen, um endlich den Strom im Schlafzimmer wieder herzustellen.

Meine Eltern kommen selten zu mir, weil sie es in meiner Wohnung ungemütlich finden, meine Mutter war sogar seit dem Einzug nicht mehr hier. Ich zog mir eine Hose über und öffne die Tür.

„Guten Morgen liebe Sonne", begrüßt mich mein Vater, „oder soll ich besser Mahlzeit sagen"?

„Morgen Dad", sag ich knapp.

„Schick sieht das hier aus", meint er ironisch bis zynisch. Diese Tour mag ich natürlich so überhaupt nicht bei ihm, kenne ihn aber gut, dass ich das über mich ergehen lasse, zumal er ja auf meinen Wunsch hier ist.

„Wie wär's mit ein wenig Tageslicht, dann kann ich bei der Arbeit vielleicht ein bisschen was sehen?"

Ich öffne das Schlafzimmerrollo, drehe das Fenster auf Kipp und atme die frische Luft ein, die hineinzieht.

„Also, wo ist denn der Sicherungskasten?"

„Keine Ahnung, was ist das?"

„Jede Wohnung hat einen eigenen Sicherungskasten". Er geht in den Flur zurück und scheint ihn auf Anhieb gefunden zu haben. Eine Metallklappe in der Wand, die er öffnet und meint: „Da haben wir das ja schon, also wo ist das Problem?"

Ich blicke in den Kasten: „Keine Ahnung", sage ich bereits gereizt.

„Also jedes Zimmer hat eine Sicherung, alle sind eingeschaltet, eine ist aus". Ich starre auf die Schalter der Sicherungen, wie ein Ochs vor dem Berge.

„Nummer 5 ist unten, die anderen oben", sage ich träge.

„Ja, dann ist die 5 wohl rausgeflogen, schalt sie doch mal ein". Ich greife den Schalter und schiebe ihn nach oben.

Peng, macht es laut vernehmlich und ich erschrecke mich höllisch, als ein Blitz aus der Sicherung rauszuschießen scheint: „Mann, was soll der Scheiß?"

reagiere ich total ärgerlich, während er lächelnd sagt: „Das nennt man auch Kurzschluss".

„Ja und nun?"

„Müssen wir den Kurzschluss suchen."

Und er fängt an, mit den Füßen Schmutzwäsche zur Seite zu schieben, hebt ein Nachtschränkchen an, um dahinter zuschauen, geht auf die andere Seite des Bettes, versucht hinter den Kleiderschrank zu blicken und schiebt einen Stapel alter Penthouse-Magazine zur Seite.

„Oh, anspruchsvolle Literatur"

„Was suchst Du denn?" frage ich genervt.

„Irgendein Verbraucher, der den Kurzschluss verursacht haben könnte, also was hast Du für elektrische Geräte hier laufen?"

„Leselampe, Wecker, Handyladekabel, keine Ahnung"

Und er zieht an der Leselampe, muss dazu aber das Bett verrücken.

„Oh, Mäuse", sagt er, „Wollmäuse", Pause, „wir hatten Dir zum Einzug damals mal einen Staubsauger geschenkt, den benutzt man dafür. Aber Mäuse sind nicht so schlimm, solange es keine Ratten sind"

„Papa"! Ich bin total auf 180.

„Du musst hier jetzt nicht den Empörten geben" staucht er mich zusammen, „es ist ein echtes Trauerspiel, wie es hier aussieht!"

Ich reiße mich zusammen und sage nichts mehr.

„Schau Dir mal den Stecker der Lampe an" , sagt er wieder etwas ruhiger, „da hat mal jemand etwas kräftiger dran gezogen".

Ich ziehe den Stecker aus der Steckdose und schau ihn mir an. Die Leselampe war ein älteres Erbstück und hatte noch einen Stecker, den man mit Schraubendreher öffnen konnte, dazu zückte er seinen Phasenprüfer, wie er ihn nannte, dessen Namen ich mir jetzt merkte und schraubte das Ding auf.

„Und was sehen wir jetzt?"

„Das eine Kabel ist ab"

„Ja das braune Kabel ist ab und berührt das blaue"

„Und was heißt das?"

„Das heißt Peng, Kurzschluss."

Er drückte mir seinen Phasenprüfer in die Hand und ließ mich unter seiner detailgenauen Anleitung das braune Kabel wieder richtig anschrauben, den Stecker wieder schließen, ihn in die Steckdose stecken, die Sicherung wieder einschalten und das Lampenlicht testen.

„Das war alles, eigentlich ’ne Kleinigkeit", sagt er.

„Warum hast Du mir nicht früher schon mal sowas beigebracht?" frage ich nur noch mit leichter Empörung.

„Weil Du nie Zeit gehabt hast, Du warst immer beschäftigt, immer unterwegs"

„Nein, Du warst auch selten da"

Wir blicken uns an, umarmen uns, er greift seine Werkzeugkiste und geht zur Tür.

„Denk an das Familienkaffeetrinken nächsten Samstag"

„Mach ich Papa"

„Und räum mal auf hier"

Dann geht er zur Tür raus und zieht sie hinter sich zu.

—

Dieses Mal ist die depressive Phase nach dem höllischen Tine-Date vom Samstag wirklich so heftig wie noch nie. Da lenkt mich die Arbeit nicht ausreichend ab und auch die tägliche Fahrt im offenen Cabrio mit meinem herrlichen Cruiser bringt mich auch nicht auf bessere Gedanken, im Gegenteil. Jeden Tag zur Firma und zurück überquere ich einen großen Kanal. Dabei schau ich jedes Mal von der Brücke hinunter aufs Wasser, sehe fahrende Kähne und Radfahrer und Jogger auf dem Weg entlang des Kanals.

Als ich die Brücke auf dem Heimweg überquere, reiße ich unmittelbar dahinter das Lenkrad herum und schlittere nach rechts, auf einem geschotterten Wirtschaftsweg den bewaldeten Hang hinunter, bis zum Wanderweg direkt am Kanal.

Ich bremse scharf und bringe den Wagen zum Stehen, dabei zieht eine Staubwolke von hinten über mich hinweg und nebelt mich ein. Und da stehe ich nun, quer zum Wasserlauf, und mein rechtes Bein und Fuß zittern vor Anspannung, jetzt Gas zu geben und mit dem Wagen über die Böschung zu schießen und in den kalten Kanal einzutauchen und einfach nur abzusaufen im kalten Wasser und allem damit ein Ende zu bereiten.

In dem Moment kommt ein Binnenschiff direkt an meiner Kanalseite angefahren und lässt mich meinen Handlungsablauf je unterbrechen. Nicht dass das Schiff die Folge meines Handelns irgendwie beeinflussen würde, nein, absaufen würde ich so oder so. Aber irgendwie wirkt das Schiff so wie eine rote Ampel, indem es automatisch meinen Handlungsfluss unterbricht, mich verharren, warten lässt. Ich merke, wie das Zittern im Bein abnimmt und das Schiff so lang ist und irgendwie gar kein Ende nehmen will. Beim Betrachten des eintönigen

Schiffskörpers, der regelrecht beruhigend vorbeizieht, komme auch ich zur Ruhe. Als am Ende das Steuerhaus auftaucht und eine Frau oben auf dem Achterdeck steht, Wäsche auf einer Leine aufhängt und mir zuwinkt, als sie mich sieht, winke ich unwillkürlich, wie in Trance zurück.

Ich merke, wie mir Tränen unter der Sonnenbrille über die Wangen laufen, wische sie mit dem Handrücken weg, setzte den Wagen ein Stück zurück, schalte wieder auf D, schlage das Lenkrad ein und fahre langsam den Hang wieder hinauf.

———

Als ich damals nach dem Studium bei der großen Firma anfing, gab es noch einen zweiten Studenten, der ebenfalls in der Firma seinen Erstjob antrat. Insofern hatte man als Gleichgesinnte schon mal einen Kontakt in dem Laden, der einen über die erste Zeit etwas hinweghalf. So ergab es sich auch, dass wir persönlich mehr voneinander wussten, als Kollegen gemeinhin persönlich voneinander wissen.

Mit meiner Karriere als Escort-Damenbegleiter ging ich auf ausdrückliche Warnung damals noch von Maurice niemals hausieren. Es war immer ein gutgehütetes Geheimnis, auch meine Eltern bekamen natürlich nie etwas davon mit. Es besteht aber irgendwie latent immer eine gewisse Versuchung für einen Mann mit seinen Leistungen ein wenig anzugeben und so gab es Situationen, auf Firmenfeiern oder Empfängen, auf denen wir leicht angeheitert im lockeren Plaudern uns über Frauenerfahrungen austauschten und da auch ansatzweise auf Sexuelles eingingen. Er war regelrecht geschockt über meine vielen Beziehungen und wissbegierig auf meine Schilderungen. Ich musste aufpassen nicht zuviel zu erzählen, weil ja auch die Gefahr bestand, er könnte etwas davon an andere Kollegen weitererzählen und mir damit meinen Ruf in der Firma versauen. Aber offensichtlich hat er dies nie getan, wir entwickelten im Gegenteil ein ganz ordentliches Vertrauensverhältnis, obwohl wir in verschiedenen Bereichen arbeiteten und uns eigentlich eher selten sahen. Über die Zeit hinweg gab es immer mal wieder Gelegenheiten zum persönlichen Gespräch, in denen er mir regelrecht Geheimnisse über die sexuelle Frauenwelt entlocken wollte, gleichzeitig aber deutlich machte, dass all dies jenseits seiner persönlichen Lebensverhältnisse lag. Er hatte anfangs schon eine feste Freundin, die er dann irgendwann heiratete und mit der er zwischenzeitig auch Kinder hatte. Seinerseits war da immer der Reiz des völlig anderen, wilden, laufend die Frauen wechselnden und mit ihnen hemmungslose Dinge anstellenden Lebens aber zunehmend auch mein innerer Wunsch, das alles irgendwie hinter mir zu lassen und meinerseits ein Leben zu führen wie er es führte. Ohne ihm das direkt zu sagen, muss er instinktiv gespürt haben, dass ich ihn um sein Leben beneide, meinem Leben entfliehen wollte und einen Weg suchte, da herauszukommen.

Er nahm mich also sinnbildlich an die Hand, als ob er nebenberuflich sich sozial engagieren und einen Drogenjunkie betreuen würde, um ihm zu helfen, auf den Pfad des Lebens zurückzufinden. Und er bewies dabei sehr viel Feingefühl, dass ich mich niemals wirklich so fühlen musste, als ei ich wirklich einer.

Die Firma bot seinen Mitarbeitern Sport in allen möglichen Bereichen an, unter anderem hatten sie auch

Segelboote an dem großen Fluss, der durch die Stadt fließt liegen. Wir machten gemeinsam einen Segelschein und verabredeten uns fortan, ab und zu segeln zu gehen. Zusätzlich mussten wir uns auch um die Boote kümmern, sie pflegen, winters ins Winterlager verfrachten, im Frühjahr wieder fit machen, halt putzen, machen, tun.

So ergaben sich doch diverse, fast regelmäßige Treffen, bei denen er mir über lockeres Quatschen wichtige Dinge im Zusammenleben mit einer Frau jenseits des Sexuellen beibrachte.

Dies führte dazu, dass sich im Laufe der Zeit Veränderungen bei mir persönlich einstellten: Ich nahm mir eine schickere Wohnung, entwickelte einen eigenen Geschmack für eine schöne Einrichtung, kaufte andere Möbel, Bilder und Accessoires, achtete stets darauf, dass alles sauber und gemütlich aussieht. Den teuren Sportwagen verkaufte ich und kaufte mir einen unauffälligen Mittelklassewagen und ich veränderte mein Äußeres: Keine Stylingfrisuren mehr, kein Solarium, kein Eisenbiegen im Fitnessstudio zwecks Erhalt des Sixpack-Bauches, und vor allem: Ich begann mich Schritt für Schritt von meinen ehemaligen Escort-Damen zu trennen, sie nicht mehr wiederzusehen.

Ich lernte auch seine Frau kennen und ich war ab und zu bei ihnen zuhause zu Besuch.

Irgendwann erzählte er mir beiläufig von einer Frau in ihrem Freundeskreis, die Michaela heißen würde und das sie eine Sommerparty schmeißen würden und er lud mich ein, vorbeizukommen.

—

Als ich auf der Rückseite seines Reihenhauses in den Garten trat, war da schon 'ne Menge los, viele Leute, die sich kannten, lachten und quatschten. Als er mich sah, kam er auf mich zu, begrüßte mich und führte mich an seinen improvisierten Tresen, um mir was zu trinken zu reichen. Direkt dort stand eine sehr apart aussehende Frau, die offenbar allein gekommen war. Er machte mich mit ihr bekannt.

„Hi, ich bin Michi", sagte sie und reichte mir die Hand.

„Ich bin Jack"

NACHWORT

Alle Personen der Handlung sind zum Schutz ihrer
Persönlichkeit verändert; Ihre Namen und ihre
persönlichen Eigenschaften wurden verfremdet und
auch die Orte der Handlung wurden in ein fiktives
Umfeld verlegt.
Die Veröffentlichung der Geschichte geschieht unter der
Voraussetzung, dass ich als Autor anonym bleiben muss.
Keinesfalls möchte ich riskieren, dass die geschilderten
teilweise intimen Details auf lebende Personen
zurückgeführt, Personen der Handlung identifiziert
werden, oder sogar Personen der Handlung sich beim
Lesen selbst identifizieren können.